魔幻偵探所

25

萬聖節謀殺案

關景峰　著

新雅文化事業有限公司
www.sunya.com.hk

魔幻偵探所

人物介紹

南森

身分：魔幻偵探所創辦人、領頭羊

年齡：120歲

畢業學校：斯塔福德學院〈伏魔系〉

學位：博士

捉妖經驗：108年，獲得「捉妖能手」、「怪獸剋星」等稱號

性格：遇事鎮定、善於思考，生氣時聽到幾句好話氣就消了

最具殺傷力的武器：
顯形粉、捆妖繩、無影鋼鐵牆

海倫

身分：魔幻偵探所成員，南森的得力助手

年齡：13歲

畢業學校：劍橋大學〈法術系〉

學位：學士

性格：開朗、逢事觀察細緻，吵架時總讓着本傑明

最具殺傷力的武器：捆妖繩、凝固氣流彈

本傑明

身分：魔幻偵探所實習生

年齡：11 歲

就讀學校：牛津大學（捉妖系）

性格：聰明淘氣、遇事毛躁

最厲害的戰術：非常規戰術

派恩

身分：魔幻偵探所實習生

年齡：10歲

就讀學校：倫敦大學魔法學院
（反幽靈技術系）

性格：聰明活潑，非常好勝，有時
候喜歡誇誇其談

保羅

身分：魔幻偵探所機械狗

年齡：100 歲

工作能力：無所不知的電腦資料
庫，善於用百分比分析事物

性格：異想天開、調皮、懶惰

最喜歡的食物：潤滑油

最具殺傷力的武器：追妖導彈

捆妖繩

能夠對準魔怪迅速旋轉收縮，將它捆緊綁實，繩子一旦落到魔怪身上，就像嵌入肉裏，魔怪越掙脫綁得越緊，當然放繩子時可要放得準才行。

無影鋼鐵牆

這堵牆其實就是氣流，它把氣流變成了無影無形的鋼鐵牆壁，能將敵人困在其中，衝不出去。

顯形粉

這是一種非常神奇的粉末，即使魔怪偽裝、隱形了也完全能顯現出它的原形。對了，「顯形」就是「現出原形」的意思！

裝魔瓶

能把魔怪收進裏面，使其在三天內化成清水的神奇瓶子。即使魔怪身形再龐大，也能收進瓶內。

幽靈雷達

能夠準確測定氣流存在的方位，並及時發出警報的裝置。它能跟蹤、測定魔怪在哪裏。不過，如果魔怪的魔力非常強，幽靈雷達有時候也可能測不到，它的更強大的功能還有待你去改進！

追妖導彈

能夠自動尋找魔怪，進行智能追蹤的導彈，這種導彈威力比較大，一般魔怪根本抵抗不了。

魔幻偵探開始行動！

目錄

第一章　接手舊案

「那是我收穫最大的一次。」本傑明靠在沙發上，一副眉飛色舞的樣子，「我把糖拿回家後就開始數糖的數量，數到一百多的時候，門鈴響了……」

「鈴——鈴——鈴——」偵探所的門鈴響了起來。

「一定是博士，他總是不帶鑰匙。」海倫說着跑向大門，保羅跟在她身後。

海倫打開門，南森笑瞇瞇地走進來，手裏還提着個袋子。

「試劑買到了？」海倫關切地問。

「買到了，長頸鹿出生後半年自然脫落的毛髮，真難找呀。」南森炫耀地晃晃手中的袋子，「不過還好，老麥克那裏有一些存貨。」

「總是不帶鑰匙。」海倫抱怨起來。

「你們都在家呀。」南森笑着向實驗室走去，他看到了保羅，「老伙計，剛給你升級的防禦盾還要多試幾次。」

「我知道。」保羅説着身子一抖，身體兩側彈出兩面銀光閃閃的盾牌，隨後又收了回去。

「很好。」南森很滿意地點點頭，他又看到沙發上的本傑明，「嗨，本傑明，剛剛在聊什麼呢？在大門口就聽到你的聲音了。」

「在講我小時候在萬聖節向別人要糖的故事⋯⋯」本傑明大聲地説。

「噢，我想起來了，萬聖節就要到了。」南森連忙説，「本傑明，今年你可要多走幾條街呀，要得越多糖越好⋯⋯」

「我不要去了，我不是小孩了！」本傑明激動起來，「今年我要化裝成一個吸血鬼，去參加萬聖節魔怪大巡遊，我要好好嚇唬一下路人！」

「好，好，隨便你。」南森説着推開實驗室的門，「海倫，今年最少準備一百袋糖，我們這附近小孩很多。」

「放心吧，我都記着呢。」

「剛才我説到哪裏了？」本傑明還想繼續剛才的話題。

「你説門鈴響了，當時你正在數糖。」保羅説。

「對，門鈴響了，打斷了我，重數⋯⋯」

「鈴——鈴——鈴——」大門口的門鈴聲再次響起，本傑明和保羅對視一下，都笑了起來。

「看看是誰？不會是博士的弟弟吧？」這次是本傑明跑向大門，他邊跑邊開玩笑。

門開了，一個有些拘謹的年輕男子站在門口，本傑明笑了笑，這人顯然不是博士的弟弟。

「你好，請問南森先生在家嗎？」男子説道，「我叫布朗，有事找南森先生。」

「他在，進來吧。」本傑明連忙說。

布朗進了偵探所，他依舊那樣拘謹，海倫請他坐下，布朗坐在沙發上，他看到了保羅，保羅對他笑了笑，布朗也笑了笑。

南森從實驗室走了出來，布朗連忙站起來。南森和他握了握手，布朗再次坐下。

「南森先生，我叫布朗，久仰你的大名。」布朗再次介紹自己，「我其實是本市里奇蒙區的警員，我負責那個區的治安巡邏工作。」

「噢，這麼說你是為公事來的？」南森點點頭。

「這個……比較複雜……」布朗面有難色，他看了看南森，「去年萬聖節，發生在維斯路的兇殺案你們知道嗎？」

「知道。」南森看看幾個小助手，點點頭，「我們當時在國外，看新聞得到消息，這個案件至今未破，對吧？」

「是的。」布朗說，「我是第一個到現場的。受害者是一個獨居的五十多歲的男子，他的母親住在一家老人護理中心。去年萬聖節後第三天，她打電話報警，說兒子說好這天要來看自己，但一直沒來，電話也無人接聽，自己行動不便，所以想請警察去他兒子家看一下。我被指

派去了他家，到了現場後，我就發現有什麼不對勁，因為門是虛掩的，我一推就開了，並立即發現客廳裏倒地的死者，初步看死者腹部被刺中，已經死亡多時。我立即通知刑警，他們很快趕來，進行了現場勘查。刑警們一無所獲，他們懷疑是魔怪作案，魔法師聯合會派來了一個走路都顫顫巍巍的老魔法師勘驗現場，他叫德利爾，你們認識吧？」

「認識，三個月前我們去參加了他的葬禮。」本傑明毫無表情地説。

「啊？」布朗一驚，「他去世了？」

「是的，得了一場病。」本傑明説。

「德利爾怎麼説的？」南森將話題轉入正軌。

「他給警局出了一份報告，説沒有發現魔怪跡象。」布朗説，「刑警們只能再次展開調查，但是一直沒有結果，這個案件被擱置下來了。」

「這個案件……你有什麼看法嗎？」南森問道。

「其實我還是一名……魔法愛好者。」布朗説着看看大家，「噢，和你們當然沒法比，我只是一名愛好者，不過根據當時的現場看，我懷疑就是魔怪作案。」

南森他們沒説話，全都看着布朗，此時的布朗不那麼

12

拘謹了。

「死者是被刀刺中腹部死亡的。」布朗開始解釋，「我去過幾次類似的現場，這類案子的關鍵點是血跡，死者的創傷會造成大量失血，但死者腹部只有不多的血跡，現場也未見到其他地方有血液噴濺，那些血都跑到哪裏去了？刑警也是這個觀點，所以認為是魔怪作案，失蹤的血是被魔怪吸食的。」

「可是德利爾否定了警方的看法，所以只能重新調查了。」南森微微地點着頭説。

「是的。」布朗連忙説，「我的級別不高，查閱資料的許可權有限，但我是第一個到現場的警員，所以可以看到德利爾的報告，他的報告很簡單，關鍵是他給的結論──『沒有發現魔怪作案跡象』，或許可以這樣理解，他確實沒有發現魔怪作案跡象，但不等於沒有……」

「德利爾先生可是一個經驗豐富的魔法師呀。」海倫插話道。

「可是誰都會犯錯誤呀……」布朗脱口而出，不過他馬上意識到什麼，紅着臉看了看南森，「對不起，我是説……」

「你説得沒錯。」南森微微一笑，「人都會犯錯誤，

而且看起來……德利爾當時的狀態似乎不是很好。」

「對。」布朗連忙說，「他走路看上去都不穩。」

「布朗先生，僅僅憑血跡不多，就使你懷疑是魔怪作案嗎？」南森問道。

「我覺得這個疑點就很大了，而且當時正好是萬聖節後。案發時間刑警做出了準確的判斷，就是萬聖節的晚上，我就更覺得這個案件可能和魔怪作案有關了。」布朗說，「這也許是一種聯想，但我覺得這是直覺，我一直有這種莫名其妙的直覺，對不起，也許我不夠理性。」

「沒什麼，這很正常。」南森點點頭，「就是說，你覺得萬聖節的晚上，有一個真的魔怪出來作案了，那麼……它為什麼挑選這個時間呢？」

「也許是一種掩護吧，我是這樣覺得。」布朗說，他忽然有些激動，「你知道，馬上又要到萬聖節了，我真怕它再次出來作案，這些天我坐臥不寧，所以來找你們……」

「你以個人的身分，請我們解決警方擱置起來的案件，對你會有影響吧？」

「這個……」布朗低下了頭，「會有人覺得我越級，或者多事，但是這都沒關係，關鍵是不能再出命案了……

又要到萬聖節了，我把我的想法和幾個同事説過，他們有的説應該相信德利爾的報告，有的説即使是重新啟動案件，也要按照正常程序向上級報告，可是上級會相信我的直覺嗎？再説時間不多了。」

說着，布朗抬起頭，用懇求的目光看着南森。

「案發地有沒有被破壞？」南森突然問，「我是説案發後有沒有新的住戶住進去？」

「沒有，這種出了命案的房子，出租和出售都很難。」布朗説，「那房子是死者母親的，她一直住在老人護理中心，行動不便，沒有回過家。」

「好，現場還處於原始狀態，這很好。」南森若有所思地説。

「南森先生，你的意思是……」布朗目不轉睛地盯着南森。

「這個案件我們受理了。」南森很認真地説，「放心，警方和魔法師聯合會那邊我會溝通，我知道警局的制度，會將越級越界處理此案對你的影響降到最低。」

「太好了！」布朗顯得非常激動，「我沒想到你這麼快就答應了，我個人倒沒什麼……」

「年輕人，很有責任感。」南森誇讚道，「放心吧，

你的這份責任感我會和你們局長説明的！」

「太感謝了。」布朗的雙眼放光，「你們一定能找到真兇的，你是世界上最偉大的魔法師……」

送走了千恩萬謝的布朗，南森他們回到了室內。本傑明一臉嚴肅地看着南森。

「就憑現場的血液痕跡，就接下這個案子？」

「沒那麼簡單，這只是一方面。」南森説，「問題在於德利爾，當時他可能真的不在狀態。」

「德利爾？」海倫不解地問。

「我們是案發前一周離開倫敦去加拿大的，臨行前我正好找德利爾借閱一組資料，這點小事他都忘記了，後來我提醒他，他卻給我拿來另一組資料。」南森回憶道，

「事後還向我道歉，説自己也不知道怎麼了，狀態低迷。」

「啊呀，當時怎麼會派他去勘驗現場呢？」海倫叫了起來。

「也許是因為他以往的經驗。」南森說，「目前看，有可能出了疏漏，而且德利爾報告中也沒有否定不是魔怪作案，只是說找不到痕跡。另外，沒有一定的理由，倫敦警察局可不會輕易懷疑是魔怪作案的，他們在處置是否魔怪作案方面，經驗非常豐富呀。」

「我們下一步……」本傑明看着南森，「去現場勘驗？」

「對。」南森點點頭，「不過我要去溝通一下，這個案子是布朗用私人身分提出來的，越級越界，這個布朗，年紀很輕，倒是很有膽量。」

說着，南森走向了電話座機。他撥通了倫敦市警察局長的電話，兩人在電話裏談了有十多分鐘，隨後，南森很是滿意地放下了電話。

「我們得到了授權。」南森對幾個小助手說，「案件由我們接手，里奇蒙區警察分局協助我們處理這個案件，一小時後這個授權正式生效。」

「博士，你的威望能解決一切問題。」本傑明興高采烈地說，「不過，剛才來的布朗……警察局不會為難他吧？」

「這個由局長去協調了。」南森說，「你們也知道，

蘇格蘭場*內部也有很多規條，不過應該沒什麼問題。」

　　「這可太好了。」本傑明説道，「那我們可以去勘察現場了？」

　　「一小時後海倫去里奇蒙警察分局把這個案件的所有資料取來。」南森説，「看過資料後，我們再去現場。」

*蘇格蘭場：倫敦警察局別稱。

第二章　喋喋不休的派恩

「死者叫貝特，今年五十二歲，獨居，曾是一家貨運公司的司機，離職三年……」海倫操作着電腦，把一張張的照片用投影機投射到偵探所的牆上，這些照片都是從警局刑警們接管過來的，「死者平日與鄰居接觸不多，朋友也不算多，唯一的親人是住在老人護理中心的母親，死者會定期去看她……」

魔幻偵探所裏，大家聚在一起進行初步的案情分析，兇案現場那一張張恐怖的照片連續放映出來，不過對魔法偵探來説，這早就是習以為常的事了。

「停。」南森看到一張照片，那是一張被翻得亂七八糟的桌子，所有的抽屜都被拉了出來，東西扔得滿地都是，「海倫，這是死者家中財物被竊的照片嗎？」

「對，我看看資料……」海倫拿起資料翻找起來，「啊，死者家中具體的財務損失不明，因為死者獨居，但是可以看到，死者的錢包被打開，裏面一張鈔票都沒有了，死者母親説，他兒子有一些金首飾，但警方在現場沒

有發現任何金首飾，判斷被兇手竊走了，啊，還有些金銀器皿，也不見了。」

「看上去是很明顯的入室殺人案，死者反抗，被殺。」保羅也一直看着照片。

「目前看確實如此。」南森點點頭，「海倫，再放一遍死者倒地的照片。」

海倫調出了死者遇害的現場照片，只見死者面朝下撲倒在地上，他的腹部有一些血跡。

「這樣的刀傷，的確會引發大量失血。」南森看着照片說，「正常情況下死者的腹部區域會有很多血跡，但是圖片反映，血跡很少，這的確是一個疑點。」

「很大的疑點。」海倫說，「不知道德利爾怎麼勘驗現場的？如果真是魔怪作案，多少會留下一些痕跡的。要不是魔怪作案，兇手就是個犯罪高手！」

「嗯。」南森點點頭，他忽然想起了什麼，「本案有目擊者嗎？比如有人看見可疑人員出入受害者家嗎？」

「這份報告上說沒有直接的目擊者。」本傑明舉着一份資料說，「也就是無人看見有誰在案發時間進入或離開死者的家……等等……」

「怎麼了？」南森和海倫一起看着本傑明。

「……『一個十歲左右的孩子説當晚在路口看到一個人，很像是魔怪，當晚正值萬聖節大巡遊，打扮成魔怪的人很多，這個孩子還説了許多異想天開的大話，所言不予採信』……」本傑明拿着那份警方資料唸了起來。

「哈哈，什麼樣的人都有呀。」保羅晃了晃腦袋。

「我們明天就去勘驗現場。」南森説着示意海倫打開燈，停止照片播放，「還好，現場保存了一年，沒有被破壞。」

第二天一早，南森他們早早地起來，吃過早飯，大家坐進了南森的老爺車。維斯路在倫敦的西南，半個多小時後，他們來到了維斯路。

「維斯路217號，就在前面。」本傑明看着街邊房子的門牌號，説道。

「看，那是布朗。」坐在副駕駛位置的海倫看到一所房子前站着一個身穿制服的警察，「噢，他是一名巡佐。」

「這麼遠，連他的警銜都能看清。」南森不無羨慕地誇讚道，「到底是年輕呀。」

「他身後就是案發的房子。」本傑明有些驚奇，「里奇蒙警察分局説派員來協助，原來就是布朗呀。」

　　南森把車停在了路邊，布朗已經走了過來。看到下車的南森，布朗連忙敬禮，他穿警服的樣子顯得非常英武。

　　「督察和我説你們今天要來勘驗現場，説我是第一個到達現場的警員，就派我來協助你們了。」布朗笑着説，「今後我也會協助你們處理這個案件。」

　　「啊，那可真是太好了。」南森也很高興。

　　「他們沒怎麼説我，督察只是輕描淡寫地説我要是寫報告説明自己的想法，他們也會馬上處理。」布朗的聲音低了一些，「你一定和我們的上司溝通過了，謝謝。」

　　「你有責任感，大家都看得出來。」南森笑了笑，他指了指不遠處的房子，布朗的警車就停在房子前，這所房子不大，只有一層，獨立地矗立着，和隔壁鄰居房子相距十米，「就是這裏了？」

　　「是的，跟我來。」布朗説着走在前面，「刑警們勘驗現場後，這裏就一直關閉着。」

　　南森他們跟着布朗，來到了那個房子，走上台階，布朗介紹説當時的門被他一推就開了，説着，他又推開了門，大家一起進了房子。

　　案發房子裏，一股寒氣撲面而來，儘管剛才布朗已經拉開了所有的窗簾，不知為何，房子裏還是顯得很昏暗。

在面對大門的客廳地板上，依稀可見一個白色粉筆描畫的人形，那就是死者倒地後的形態勾畫，由於時間較長，地板上的血跡也被清除，白線已經看不太清了。

南森已經拿出了資料袋裏的一些現場圖片，他看了看本傑明，又看看地板上模糊的白線，微微一笑。

「噢，我是個小孩。」本傑明立即明白了南森的意思，「還原現場要找合適的人選。」

説着，本傑明笑着看看布朗，布朗很快明白了他們的意思，他走到當時死者倒地的位置，按照當時死者的形態，趴了下去。南森走過去，按照照片調整了一下布朗手腳的位置，隨後站起來，點了點頭。

海倫用白色粉筆沿着布朗的外形畫了一圈明顯的白色標記，隨後，布朗站了起來。

「這就是死者的位置。」南森對照着照片，「嗯……那灘不多的血在這裏，血跡在勘驗結束後被警方清理了……」

南森拿過海倫手上的粉筆，在死者腹部位置去勾畫血跡的位置，突然，南森的手停了下來，他雙手伏地，頭湊向地板，大家看他這個樣子，都圍了上去。

「這是什麼？」南森像是自言自語，説着，他從口袋

裏掏出了放大鏡，對着木質的地板看了起來。

南森觀察的地方，有好多道細小的劃痕，地板像是被某種利器不經意地劃過一樣。南森看了半天，隨後叫保羅過來。

「老伙計，這個痕跡，拍照。」

「好的。」保羅答應一聲，雙眼射出兩道白光，對着那些劃痕連拍好幾張照片，「博士，我初步檢測了一下，拍照的地方只有劃痕，沒有魔怪反應。」

「快一年了，如果真是魔怪作案，魔怪的氣味等反應早就消失了。」南森説，「但是還會有其他痕跡留下。」

「這些劃痕。」本傑明趴在地上，用南森的放大鏡看着地板，「是什麼呢？」

「回去研究。」南森輕聲回答道。

隨後，南森慢慢地繞着白線走了一圈，並且仔細地觀察着白線範圍內地板表面的情況，大家都靜靜地看着他。

南森站了起來，若有所思地看着地板，點了點頭，隨後又拿出幾張現場照片。

「我們來還原一下被竊的現場，我看到抽屜都被關上了，當時這些抽屜是被打開的，好幾個還被放在地上。」南森説着走向客廳裏面，那邊有一個一米多高、維多利亞

風格的淡綠色櫥櫃,很漂亮。

　　海倫和本傑明連忙走過去,他倆對照着照片,把抽屜全部都拉了出來,其中幾個還放在地上,盡量恢復被竊現場的樣子。

　　一番布置後,房子恢復到案發當日的樣子,布朗說完全恢復了,他可是第一個出現在現場的警察。

　　「我們假定,兇手進入房子後,刺殺了受害者。」南森見布置完畢,開始還原當時的情況,他說着走到布朗身邊,假裝用利器攻擊布朗,「兇手襲擊了受害者,受害者倒在地上……」

　　布朗立即又趴到了白線裏,南森則走向櫥櫃。

　　「……兇手開始翻找財物,他拉開了所有的抽屜。」南森比畫着說,「噢,看看,這麼漂亮的櫥櫃,值得放值錢的東西。」

　　南森看着抽屜,大家一起跟着他走了過去。

　　「具體丟失了什麼,受害者已經死亡,所以無法確定。」布朗說,他指了指櫥櫃旁的沙發,「受害者的外衣在沙發上,錢包被扔在地上,裏面是空的,沒有鈔票,只有銀行卡,估計鈔票被拿走了。」

　　「嗯……」南森點點頭,他站在櫥櫃前,看了看

照片，又看了看資料，「報告上說，受害者的母親看了現場照片，說櫥櫃上擺着的一個鑲金邊的純銀餐盤不見了……」

「是的。」布朗說，「受害者母親說那是她家的貴重物品，警方找遍了整個房子也沒有找到，應該被兇手拿走了，受害者母親說他兒子還有兩條很粗的金項鏈，警方也找了，沒有找到，也被兇手拿走了。」

「可是看看這張原始照片。」南森把手裏的照片給大家晃了晃，「現場照片顯示，就在這個櫥櫃上，放着一部死者剛買不久的『飛行家3A』手機，這款手機可是新出的熱門貨，黑市上也能賣400鎊呢，那個兇手拿走了同樣擺在櫥櫃上的餐盤，難道沒有發現手機嗎？」

「我看過報告，警方也懷疑這點。」海倫說道，「這就是警方認為是魔怪作案的觀點之一，因為魔怪不認識這種新時代的產物，他們只知道金銀值錢。」

「這一點的確非常重要。」南森說着又看了看那些抽屜，他低着頭，「東西全被翻了一遍，房子裏除了死者就是兇手，他有充裕的時間找財物，不大可能因為太慌張沒有發現手機。」

「我認同警方的觀點。」保羅在一邊說，「警方的這

27

個觀點正確率在60%以上，這是我最新統計的結果。」

「嗯。」南森點點頭，他看看海倫和本傑明，「我們去臥室，那裏也被兇手翻了一遍。」

南森他們全都進了裏面的臥室，根據照片顯示，本傑明和海倫還原了現場，他們找出已經被警方歸置進衣櫥的衣物，按照照片的顯示，重新擺在地上或牀上。還原後的景象顯示，臥室被翻動得更亂，衣服、雜物被扔得到處都是，椅子也倒了。南森看着現場，低着頭，眉頭一直皺着。

「博士，本來這裏有一件夾克。」海倫指着門口説，「上面發現了一些新鮮泥土，警方判斷是兇手帶進來的，這些物證現在還在警局的物證中心。」

「那是另一個疑點。」布朗跟着説，「案發前一天下過小雨，兇手的鞋上可能沾有泥土，如果踩在衣服上，會留下腳印，但是這件衣服上只有零星的泥土塊，不見任何腳印，客廳裏也發現了一些新鮮泥土，但不見腳印，如果兇手是個人，多少會留下些腳印痕跡，而警方知道有些魔怪的身體是極輕的，甚至踩在雪上也不留痕跡。」

「有道理，所以魔怪只留下小泥塊，沒留下腳印。」南森緩緩地説，「可這都是推論，德利爾一無所獲，我們現在也沒有找到什麼魔怪作案的直接證據。」

「我覺得魔怪作案的可能性很大。」本傑明環視着房子，「確實，我們缺乏直接證據。」

「走之前把這裏收拾好。」南森説着向外走去，本傑明和海倫答應一聲，跟在他身後出了卧室，他們再次來到客廳。

「廚房和洗手間沒有翻動痕跡，一般人家也不會在這種地方放置財物。」布朗邊走邊説，「一切情況看起來像是入室殺人盜竊案……」

「叮噹——叮噹——叮噹——」大門那邊，突然有門鈴聲傳來。

大家頓時一驚，布朗顯得尤其緊張，因為他知道只有自己被安排來協助調查。他的手不由自主地伸向了佩槍。

「誰呀？」南森對着門口問了一聲。

海倫、本傑明已經訓練有素地把守好大門左右的位置，遭遇襲擊時他們能互相夾擊對方。

「是我——」門口傳來一個聲音，這大概是一個孩子的聲音，「天下第一超級無敵魔幻小神探——」

聽到這個回答，本傑明翻了翻眼睛，他直接衝過去，猛地拉開了門。

門口，站着一個有點胖，一頭金髮的小男孩，看上去

和本傑明的年紀
差不多，個頭也
差不多。

　　「嗨，大
家好。」小男孩
對大家揮揮手，
猛地，他認出了
南森，「嗨，你
是南森博士？你
好呀，你大概聽

説過我吧，我是天下第一超級無敵魔幻小神探派恩，噢，
看看你的表情，你這麼偉大，真的沒有聽説過我？我五歲
的時候就阻止過一隻企圖襲擊我弟弟的長頸鹿，當時我那
三歲的笨蛋弟弟剛用石塊攻擊了牠，牠從柵欄裏探出頭
來，想咬我弟弟，我一拳砸過去，砸在牠頭上……」

　　「嗨，聽着，小朋友，你怎麼不去上學？」布朗沒好
氣地走過去，「你有什麼事嗎？」

　　「教室這幾天刷牆，我們不用上學。」叫派恩的小男
孩聳聳肩，「我看到一輛警車停在這家門口，我知道，你
們一直沒有搞定這個案件，當然啦，沒有我天下第一超級

30

無敵魔幻小神探出手，你們怎麼可能破案，不過你們把南森博士找來了，算你們聰明，他們和我一樣好！」

「你在説什麼呢？快回家去，你媽媽在喊你了，不要妨礙我們工作……」布朗毫不客氣地下了逐客令。

「就是，不上課就在家裏打打遊戲機，這裏不是你來的地方……」本傑明跟着説。

「你叫派恩？」南森走上前一步，他對布朗和本傑明擺擺手，示意他倆先不要説話，南森看着派恩，「聽上去你了解這個房子發生的事？」

「當然，我是目擊證人呀。」派恩仰頭看着南森。

他的話震驚了在場的人，大家反覆看過資料了，這個案件沒有任何目擊證人，連間接的目擊者都沒有。

「你在説什麼呢？這個案件沒有目擊證人！」本傑明大聲地説。

「噢，警察是怎麼工作的？」派恩抱怨起來，「我和他們説過了，我在路口看了兇手，就是那個魔怪，他們當時也記錄了呀，怎麼搞的？」

「等等！」本傑明有些激動，他擺了擺手，然後看看南森，「警察説有個孩子説看到魔怪，還説了許多大話，全都不予採信，我想那孩子就在我們面前。」

31

「什麼？」派恩叫了起來，「警察是這麼説的嗎？他們真的不相信我是天下第一超級無敵魔幻小神探？難怪這個案子破不了呢，我都告訴他們了，我看到了魔怪……」

「你是在哪裏看到魔怪的？」南森問。

「就在這個路口。」派恩指着不遠處的路口，「當時我正在沿着街要糖，其實也不是我啦，我都這把年紀了，是我那個笨蛋弟弟，沒辦法，我要看着他，他過馬路從來不看紅綠燈的……」

「請説重點。」南森打斷了派恩。

「重點就是我們等着過馬路的時候我看見一個魔怪，當然，是魔怪的背影，他從我身後走過去，當然，我也不是很確定，只是憑感覺，他走路有點飄……」

「你能感覺他是魔怪？」本傑明不屑地問。

「當然，我上大學也半年了……」

「大學？」海倫吃了一驚。

「不要這樣看着我！」派恩看着海倫，「你不也是嗎？只不過比我大幾年，我們這種人都是這樣呀……」

「哪間大學？」南森問道。

「倫敦大學魔法學院反幽靈技術系，我入學半年了……」

32

「明白了。」南森點了點頭。

只有魔法學院才會接收十歲以上的孩子入學，這些孩子必須有一種天生學習、掌握魔法的靈性，當然，最終能成為實戰魔法師的只是少數。本傑明和海倫都是這樣的孩子，面前這個派恩看來也是。

「反幽靈技術系，系主任是派克？」南森想了想説。

「對，就是那個老古板，噢，我受夠他了……」

「派恩，我們説正題，你看出那人是魔怪了，怎麼不報告？」南森很是嚴肅。

「這個……」派恩聳聳肩，「我當時看到的只是背影，覺得那人走路有點飄，像教科書上説的某種魔怪，不過就想了那麼一下，那會我那笨蛋弟弟又衝向馬路，我就去抓他。一切都是事後才想到的，過了幾天，我聽説這裏發生了命案，後來警察又到處打探目擊證人，我才覺得那晚看到的可能是個魔怪，我就去和警察説了，可警察把我打發走了，連個電話都沒留，結果這個案子一直破不了……」

「除了那人走路飄，還有其他魔怪反應嗎？」南森進一步問。

「沒有了，我沒帶儀器呀。」派恩晃了晃腦袋，「感

34

覺，我就是憑感覺，我後來努力想那個形態和哪種魔怪有關，可是想不起來了，你知道我的學習成績還不錯，半年來始終保持倒數第一的位置，嗨，有個傢伙居然想搶走這個位置，其實保持這個位置也很難……」

「難怪警察不相信你，你說話的方式很跳躍呀。」南森聳聳肩，「你記得他穿什麼衣服嗎？」

「上身是西裝。褲子忘記了。」

「沒看到正面？」

「沒有。」

「好。」南森點點頭，「派恩，你住哪裏？」

「兩條街外。」

「謝謝你，魔法師具備的那種責任感你是完全具備的，希望你今後好好學習……」南森認真地說。

「博士，我來幫你們破案吧，沒有我你們破不了這個案子的。」派恩比畫着說，「我可是天下第一超級無敵魔幻……」

「大話王！」本傑明接過話說。

「小神探，不是大話王！」派恩激動地糾正道。

「派恩，謝謝你。」南森用眼神制止了本傑明，「我們會參考你的說法，我們也會留下你的電話。」

「噢，還是你懂得我的價值。那些查案的人比我那笨蛋弟弟還笨……」派恩忽然看到了布朗，「噢，警官，不包括你……」

派恩走了，大家關上了門，一時間，房子裏又陷入平靜之中，南森站在門口，想着什麼問題，過了一會，他看了看本傑明。

「本傑明，剛才那個派恩的話，你怎麼看？」

「大話王，我剛才就説了。」本傑明説，「用警察的説法就是異想天開。」

「僅憑走路姿勢就説人家是魔怪，這個……」海倫跟着説，「再説他又不是博士，他才入學半年，成績也不好。」

南森沒有説話，他又低頭在那裏想了一會，隨後看看大家。

「今天就到這裏吧，現場我們還原了，保羅也拍了照，今天收集的資料，還有警方給的資料，我們好好分析一下。」

第三章　有力的證據

回到偵探所後，南森將新收集的資料進行了分類，隨後就在電腦前看保羅拍下的現場錄影，在電腦的旁邊，是警方的資料。

本傑明和海倫在靠窗的辦公桌旁，小聲地討論着案情，對於這個案件是否魔怪作為，他倆的意見不是很一致。

「我現在又覺得犯罪高手作案的可能性大一些了。」本傑明説，「不能因為案件發生在萬聖節，就聯想到魔怪作案。」

「可是，如果是人類作案，他吸血幹什麼？血跡怎麼那麼少？跑到哪裏去？」海倫説，「我覺得魔怪作案的可能絕對不可以排除，而且應該順着這條線查下去。」

「魔怪作案的痕跡找不到呀。」本傑明説，「噢，那個大話王説的不算，你覺得呢？我是説那傢伙是個大話王。」

「我也覺得他是個大話王。」海倫説。

「噢，沒想到，這點你和我的觀點一致。」本傑明聳聳肩，「我都沒法和你辯論了。」

「還有我呢。」保羅在一邊插話道，「我也認為那個小孩是天下第一超級無敵大話王！」

本傑明和海倫頓時都笑了起來。

「老伙計，來一下。」南森忽然喊道。

保羅連忙跑了過去，只見南森的電腦熒幕上，有一張被放大的圖片，看不清是什麼，大概是一些線條。

「把今天你拍攝了地板上有劃痕的照片，放置進你的數學分析模型中。」南森說，「讓電腦給我們找一下有沒有規律的東西。」

「好的。」保羅說着開始從內置的電腦系統中調出照片，放進同樣在電腦裏的數學分析模型軟件內進行分析。

本傑明和海倫都湊了過來，他們看着電腦熒幕，海倫看到博士在分析地板上的那些劃痕，不過她覺得木質地板出現劃痕很正常，博士分析這些劃痕大概是因為這些劃痕都集中出現在血跡那裏。

「有規律的東西出來了。」保羅的電腦運轉速度極快，「一共十條劃痕，兩條一組並排平行，混在一起，每兩條平行劃痕之間相距均為8.52厘米，每條劃痕本身寬距

都在 0.7 至 1 毫米左右，最長的兩條平行劃痕為 15 厘米，最短的 11 厘米。」

「嗯，從圖上可以看出一些規律來。」南森指着電腦熒幕説，「而且這些劃痕比較特殊，和一般地板上常見的摩擦痕跡不太一樣。」

本傑明和海倫仔細一看，果然，熒幕上那些線條看似雜亂無章，其實是有規律排列的，十條劃痕中能找出五對平行的劃痕。

南森邊看邊把圖片在電腦上縮小，隨即又放大，反覆了兩次，他看了看兩個小助手。

「吸血鬼類魔怪作案。」南森淡淡地説。

「啊？」本傑明頓時愣住了，博士這句話來得太突然。

「每兩條平行劃痕間距為 8.52 厘米，所有五組都是。」南森説着張開了嘴，指了指左面和右面的牙齒，「正好是吸血鬼類魔怪左右兩顆獠牙之間的距離，這個魔怪有上下兩組四顆獠牙，有些吸血鬼只有上面兩顆獠牙。」

「博士，你是説這些痕跡是這樣留下的？」海倫第一個醒悟過來，她爬到地上，嘴巴貼着地面，做着舔食的動作。「沒錯。」南森點點頭，「受害者的血流了出來，

魔怪立即趴在地上，舔食血液，下顎的獠牙外凸，緊貼地面，留下了五組齒痕，齒痕是下獠牙留下的……」

「我也知道了。」本傑明恍然大悟地說，「魔怪趴在地上，舔食血液時，身體不用移動，只是頭頸活動，所以五組齒痕基本同向，完全沒有橫向交叉的。」

「很好，很好。」南森顯得一臉興奮，「本傑明，你說出了另外一個易被忽視的證據。」

「博士，我還知道經驗豐富的德利爾為什麼沒有發現魔怪齒痕的原因了。」本傑明非常高興，「魔怪就是想製造人類作案的跡象，所以故意留了一部分血，沒有全部吃完，我們能找到齒痕，是因為警方事後清洗了血跡。德利爾去的時候，血跡還在那裏，這些剩下的血跡覆蓋了齒痕，所以德利爾沒有發現。」

「完全正確。」南森用力點點頭，「他沒有想到關鍵痕跡就在血液下，警方也沒有發現，即使警方看到了那些劃痕，也不會聯想到是魔怪的獠牙所致。」

「博士，你看到那些劃痕，立即就知道是魔怪獠牙造成的痕跡嗎？」海倫問。

「我曾經見到過魔怪在樹幹上摩擦獠牙的痕跡，但當時還不能下結論，只能說略有感覺。」南森說，「我們進

到那個房子後，第一個看到的現場痕跡就是目前最重要的痕跡⋯⋯不過我還要做個痕跡對比測試，最終把這個證據確定下來。」

「還有個測試？」保羅問。

「跟我來。」南森說着揮揮手。

大家全都跟着南森進到實驗室裏，南森打開了一個儲藏櫃，在裏面很快就找到一個瓶子。瓶子上寫着一些字──吸血鬼獠牙，1898年採集自羅馬尼亞比萊德鎮。

南森戴上手套，打開瓶蓋，小心地從瓶子裏拿出一枚尖尖長長的獠牙，儘管過了很多年，這枚獠牙依然閃着寒光，像是要隨時刺穿誰的皮膚一樣，令人不寒而慄。

南森又找來一塊木板，放到試驗台上固定好，他拿起那枚牙齒，齒尖向前，輕輕地在木板上滑動，模仿魔怪舔食血跡時的運

動軌跡，他在木板上劃了四道痕跡，隨後，他把木板放到
地上。

「老伙計，把木板上的痕跡拍照，放大一百倍，再把
我們採集回來的劃痕也放大一百倍，進行比較。」南森對
保羅説。

保羅立即按照博士的吩咐去做，他開始對着木板拍
照。

「儘管不可能是同一個魔怪的獠牙，但是這種獠牙的
劃痕總有一樣或者類似的特點。」南森説，「而這種特點
又和別的什麼劃痕不一樣。」

「就是説魔怪獠牙痕跡有獨特之處？」海倫問。

「對，是這樣的。」南森説，「這和密林中的獵人能
區分各種動物的腳印，道理差不多。」

保羅這時已經拍好了照片，並且把照片保存起來放
大，隨即調出現場劃痕照片，放大了幾張。

「博士，全都放大了，對比圖我給你傳送到電腦
上。」保羅説。

「好的。」

大家一起出了實驗室，來到了電腦前，保羅把對比圖
傳送到了電腦上，電腦熒幕上出現了兩道被放大的劃痕。

「這樣一比較，就很明顯了。」南森指着電腦説，「放大一百倍後的劃痕側切面沒有任何凹凸不平，只有魔怪這種鋒利的獠牙尖才能有這種效果，橫截面呈現出一個弧度，也符合獠牙痕跡特徵……沒錯，我們找到的是魔怪痕跡，現在有了非常關鍵的證據。」

「太好了。」海倫、本傑明和保羅都很高興，海倫忽然想到什麼，「博士，你是不是還有其他證據？」

「警察在臥室門口那件衣服上發現了一些新鮮泥土塊，房子其他地方也有，他們推斷是兇手帶進房子的。」南森看看海倫，「你們知道，魔怪和人類不一樣，不僅僅是外貌，從體重上説，兩極分化，重的連大象拖動都吃力，輕的兒童單掌也能托起。這個魔怪就是一個身體極輕的傢伙，踩在哪裏都不會留下腳印，但是腳上的泥土塊會因為摩擦而脱落，而恰恰長着獠牙的吸血鬼類魔怪，身體都是屬於極輕的那種。此外，那個魔法學院的小孩……」

「你是説那個天下第一超級無敵……」本傑明連忙説。

「就是他，派恩。」南森説，「他提供了一個有力的輔證，就是他確實看到了行兇後的魔怪，那個魔怪走路輕飄飄的，原因就是他身體極輕，派恩本身就是學習魔法

44

的，雖然入學時間不長，但是他在這方面的感覺，就是再差也比一般人強很多。」

「有現場證據，還有目擊者。」本傑明説，「目前的證據就能確定這個案件是魔怪作案了！」

「是的。」南森説，「由於我們找到了魔怪齒痕證據，派恩的間接證據可以上升為主要證據了，房子內有魔怪齒痕，房子外有魔怪走過，這不可能是巧合！」

「既然是魔怪作案，那麼現場就是偽造的了。」本傑明分析道，「偽裝成入室搶劫案，好像是人類所為，轉移偵緝者的視線。被盜走的金銀和鈔票對吸血類魔怪來説是沒有用的。」

「是的，錢財對絕大多數魔怪來説毫無用處。」南森點點頭，「『飛行家3A』手機未被拿走這件事支持魔怪偽裝現場這個論點。這個魔怪和大多數魔怪一樣，只懂得金銀值錢，因為他們生前那個時代就沒有手機，死後變化成魔怪，常年隱身，不和社會接觸，所以不認識現代化的設備。他偽裝了現場，但是疏忽了手機，反倒給我們提供了證據。」

「不過他知道隱蔽魔怪作案的痕跡，讓警察找錯方向。」本傑明握了握拳頭，「這方面他倒是很狡猾。」

「博士，我來疏理一下案件經過。」海倫連忙說，「有個吸血鬼類的魔怪，萬聖節的晚上來到受害者的家，之所以萬聖節出來，大概是那個晚上沒人會注意他那魔怪樣子。他騙了受害者開門，並受到邀請進入受害者的家，這類魔怪只有受邀才能進入受害者的家並實施加害，否則溜進受害者家也只能看看，他受邀進入房子後，攻擊了受害者，吸了血但留下一部分，並把現場偽裝成人類作案，他離開的時候，經過案發地旁邊的路口，被那個天下第一……派恩看到了……這就是整個過程。」

「大概是這樣。」南森聽完海倫的話，緩緩地說，「具體細節還不清楚，現在我們收穫的重要資訊是：一，魔怪作案；二，注意，這點非常重要，那就是魔怪偽造了現場，而他為什麼要偽造現場？」

說着，南森看看大家，海倫和本傑明都沒說話，只是認真地看着南森，保羅也直直地看着南森，等待着他的進一步分析。

「如果是一個遊蕩的魔怪作案，沒太大必要偽造現場，作完案後遠走高飛即可。」南森沒有着急說出答案，「為什麼他想讓警察找錯方向，我想，他是在為下一次的案件做準備，也就是說他並沒有走遠而且伺機而動！」

「布朗説他有直覺，就是怕魔怪借萬聖節再度出來作案。」海倫小小地驚呼道，「他的直覺好準呀，這麼説這個魔怪還在倫敦？啊呀，離萬聖節只有幾天了……」

「借助萬聖節出來作案的魔怪，隱身變化能力有限，這樣判斷他的綜合魔力也有限，所以行動能力不足，我判斷他的隱身處就在倫敦，而且不會離案發地太遠。」南森看看窗外，「時間不多了，我們一定要把他給找出來！」

「里奇蒙地區。」本傑明説着打開了一張倫敦地圖，鋪在桌子上，很快找到了里奇蒙區，「確實有幾處基地，可能還有久未有人居住的老宅……」

「這個地區這些年來從來沒有魔怪活動的報告。」海倫也湊了過去。

「是呀。」保羅跟着説，「倫敦可是魔法師聯合會的總部呀，還有我們魔幻偵探所……」

「範圍可以擴大一些。」南森指了指地圖，以里奇蒙區為中心，畫了一個圈，「距離案發現場不會很遠，他隱藏在某處，萬聖節之夜極有可能再次作案！」

「三天後就是萬聖節了！」海倫很是着急。

「海倫，你記一下。」南森吩咐道，「這些事要一件件辦起來。」

海倫連忙拿出筆和紙。

「一，通知警方，這是魔怪作案的案件，我們正式開始查案。二，通知魔法師聯合會，立即派人協助我們對里奇蒙及周邊區域進行搜查。三，通知這個區域的大鼠仙長老，看他的手下是否知道這個區域有吸血鬼類的魔怪出沒。」

「都記下了。」海倫寫好最後幾個字，「我馬上去通知他們。」

「好，今天晚上，我們就開始對里奇蒙地區可能隱藏魔怪的地方進行搜索！」

第四章　重傷

晚上七點，倫敦城已經完全籠罩在了夜色之中，不過高大明亮的路燈一起把這座古老的都市照射得非常明亮。

里奇蒙區一個街心公園裏，魔幻偵探所的成員正在和魔法師們討論着，魔法師聯合會一共派來了十名魔法師，他們將在南森的指揮下，對里奇蒙區以及周邊區域進行一次魔法搜索，找尋可能隱藏的魔怪。

「戴爾，你們負責這兩處墓地。」南森看了看一個魔法師，「記住，不要直接進入墓地，以防魔怪發現我們的意圖，要在幾十米外的距離用幽靈雷達搜索，盡量不驚動這個傢伙。」

「明白。」戴爾點點頭。

「克萊奧，你們去里奇蒙郵局，這是該區最古老的建築，有一個很大的地下室。」南森繼續安排，「你們不要進入地下室，保持距離，用雷達搜索。如果發現目標，立即報告，絕不能貿然出擊。」

「是，博士。」叫克萊奧的魔法師點點頭。

「海琳娜，你們去這裏……」

南森一一安排了魔法師們搜索的區域，很快，領受命令的魔法師們全都走了。

「走吧，去十六號碼頭倉庫區。」南森説着揮揮手，「老伙計——」

南森剛才安排任務的時候，保羅在外面的街上轉來轉去，他不時地向周邊建築發射幾道探測信號，不過沒有任何回應。

聽到南森叫自己，保羅連忙跑了過去，跟在南森身後。他們向位於里奇蒙區的泰晤士河畔十六號碼頭走去，那裏有一個很大的倉庫區，是非常古老的場所，存在時間和倫敦城差不多，不過這裏早就被廢棄了，根據經驗，這種地方是魔怪隱身的首選區域之一。

穿過幾條街，他們很快就來到了十六號碼頭，布朗正在預定地點等着他們呢。

「我下午就向管理公司借到了鑰匙，另外兩處的鑰匙我也拿到了。」布朗帶着南森他們走向倉庫，「這裏荒廢近百年了，連個看門人都沒有。」

「布朗，我們會在周邊用儀器搜索，一旦遭遇到魔

50

怪，你馬上退後，我們來處置。」南森叮囑道。

「不怕，我有這個。」布朗説着摸了摸佩槍。

「這個……」南森搖搖頭，「你也看過一些魔法書，大口徑武器有些作用，手槍基本上……」

「明白，我明白。」布朗點點頭。

前面，就是倉庫的大門了，這所倉庫緊鄰泰晤士河，是一幢兩百多米長、一百多米寬、高兩層的巨大建築，倉庫一層臨街的窗戶均被磚石封堵，倉庫內部，每層各有五個獨立的空間，還有一個大地下室。布朗也拿到了這裏的建築資料。

布朗打開了一扇門，他們進入了倉庫，倉庫裏非常黑暗，只有靠近泰晤士河的那邊窗戶投射進來些許月光。

南森他們沒有立即前進，按計劃，保羅一進倉庫就開始對整個倉庫進行魔怪反應搜索，海倫和本傑明也開啟了幽靈雷達。

布朗站在大家身邊，多少有些緊張，當他得知這宗案件果然是魔怪所為的時候，很是激動，有個原本嫌他多事的上司也向他表示歉意，這又讓他有些自責，如果他早點去找南森，也就不用這麼匆忙地展開調查，因為萬聖節就在三天之後了。

「博士，沒有什麼發現。」保羅對南森小聲説道，「我的信號覆蓋了整個倉庫區域⋯⋯」

「博士，我們也沒發現什麼。」海倫小聲地説。

「我們向前走走。」南森揮揮手，他沒有點亮亮光球，而是拿出來一個小型手電筒，照亮前面的路。

大家跟着他，向倉庫裏面走去，倉庫裏的路還算比較平整，只是有些碎磚石。整個倉庫都空蕩蕩的，他們走了一百多米，快走到盡頭了。

「按照圖紙，上面也是這樣，還有一個空地下室，也很大⋯⋯」布朗説道。

「這麼大的地方荒廢着，真可惜⋯⋯」本傑明説。

忽然，前面有什麼東西一竄，本傑明和海倫嚇了一跳，布朗也發現了情況，他急忙去拔槍。南森的手電筒光追了過去，只見一隻狐狸在手電筒光下跑到牆邊，從牆底一個小洞鑽了出去。

「嚇死我了。」海倫吐出一口長氣，「現在這倫敦城，到處是狐狸，這裏也成狐狸的家了。」

「我們走吧。」南森搖了搖頭，轉身想往外走去，「只要這裏有小動物出沒，就一定不會是魔怪隱身的地方，魔怪是會殺害小動物的。」

　　「原來是這樣！」布朗聲音也大了，他跟上南森，「我看的書上沒這樣説，看來我看的書還不夠多⋯⋯」

　　他們出了倉庫，南森戴着的耳機不斷傳來消息，幾處墓地都沒有發現魔怪跡象。緊接着，南森他們又來到一個小一些的廢棄倉庫，這裏倒是沒有發現小動物，但是四處走了一遍，儀器也仔細搜索過，並未發現任何魔怪跡象。

　　里奇蒙郵局那邊傳來消息，也沒有發現任何魔怪跡象，這時已經很晚了，南森叫那些魔法師先收隊。

　　「特里斯路還有一幢廢棄工廠。」南森對大家説，「看完這個工廠，我們也收隊。」

　　南森的語氣有些沉重，大家明白他的隱意，如果這最後一個目標也找不到魔怪或者魔怪藏身的地方，案件就進入了僵局，還有一種可能，就是魔怪已經遠走高飛。

　　他們驅車來到那個工廠，在距離工廠還有兩條街的地方停車，此時已是午夜時分。這附近遠離住宅區，路燈倒是通明。目標建築有兩層，附近都是空地，沒有高大建築，很容易就能看到。

　　「這個工廠以前是一間食品加工廠，關閉已經有五十多年了。」布朗邊走邊介紹，「這個工廠的規模不小呢。」

「以前不知道,寸土寸金的倫敦城區還有這麼多荒廢建築。」本傑明説着向前看去,那個食品加工廠孤零零地矗立着,「早就應該推倒蓋新樓了。」

「荒廢的原因很多,開發成本、市政規劃等。」布朗解釋説。

他們來到食品工廠前,布朗打開了門,他們進到廠房裏。這個廠房的窗戶高大,月光照射進來,裏面的景象依稀可辨,這裏並不是空蕩蕩的,而是有一些機器設備。

「博士,前面好像有點反應。」保羅忽然説,他的聲音壓得很低,但是能從他的聲音中感受到他的激動。

「在哪裏?」南森立即蹲下,並示意大家都蹲下。

「沒有魔怪自身的反應。」保羅指着前方説,「但是有星星點點的魔怪反應,魔怪不在,這裏是他的隱身場所。」

「我什麼都沒發現。」海倫用幽靈雷達對着保羅指的方向照射着。

「我也是。」本傑明跟着説。

「我們過去看看。」南森説道,他轉身看看布朗,「你跟在後面。」

「是。」布朗回答道。

前方不遠處，月光之下，大家隱約看見一間小房間，那間房間在牆角，北面和西面是牆壁，南面和東面有門和玻璃窗，玻璃窗很大，玻璃早已破碎，裏面的景象大概能看到。

「咯吱吱——」一股風吹進來，小房間的門半開着，被風一吹，動了一下，並發出了聲響。

南森帶着大家，小心地向前走了幾米，在一台機器旁停下，布朗此時已經把槍握在手裏了，他又緊張起來。保羅則對着小屋子連續發射探測信號。

「沒有魔怪。」保羅說，「而且這附近四百米內的距離都沒有魔怪，我全都探測過了。」

聽到這話，布朗放鬆了很多，把槍也收了起來。南森則把身子探出機器，向小房間看了看，沒發現什麼，隨後揮揮手，帶着大家走了過去。

他們慢慢來到小房間前，裏面空無一人，同樣空無一物，他們走了進去，保羅在房間裏轉了轉。

「這裏！」保羅指指北面的牆壁，「真的有點魔怪反應，應該是魔怪長久居住產生的，可是這裏什麼都沒有呀！」

「咚、咚……」海倫上前敲了兩下牆壁，沒發現

什麼，她又跺了跺腳，隨即喊起來，「啊，地板下是空的！」

本傑明連忙用腳踩了踩地板，水泥地板發出了「咚、咚」的聲音，非常空洞。南森此時已經用透視眼向下望去。

「下面有個暗室！」南森小聲地說，「這是魔怪藏身的地方，保羅，小心監視周圍，防止魔怪回來！」

「放心，進入五百米範圍的任何魔怪我都能馬上察覺。」保羅說。

「出入口在這裏！」南森走到牆邊，他用透視眼功能找到了準確的出入口，隨後伸出雙手，把手按在地上，「大力吸盤！」

說着，南森把手抬了起來，地板的一塊被南森的手牢牢吸住，跟着就翹了起來，地下室的出入口露了出來，海倫和本傑明幫助南森把那塊地板掀起來，靠在牆上。

地下室完全露了出來，這個地下室有一個斜坡向下延伸，而斜坡頂部被那塊地板蓋住，隱蔽得很好。

「魔怪反應更大一些了。」地板的遮擋消除後，保羅探測的信號更明顯了一些，「可惜魔怪不在裏面。」

「我們下去看看。」布朗對這個地下室充滿好奇，

一邊説着，一邊就沿着斜坡向下走去，他把手電筒拿了出來，向下照射着。這種奇特的經歷，讓他這個業餘魔法愛好者非常興奮。

「小心一點。」南森立即跟上，雖然魔怪不在，但他還是比較擔心。

海倫和本傑明也跟着進了地下室，保羅則在上面警戒。地下室的出入口不大，只能兩人並排前進，這個地下室的斜坡還算平整，看來魔怪修造時也花了點功夫。布朗和南森沿着斜坡走了十幾米，來到地下。

「他就住在這裏嗎？」布朗説着向地下室裏邁了一步，地下室在手電筒的照射下，露出了幾個罈罈罐罐，還有一張鋪着稻草的石板。

「啪——」的一聲傳來，這聲音非常小，像是什麼斷了，南森捕捉到了這個聲音，忽然，他意識到了什麼。

「小心暗器——」南森大步向前，一掌推在布朗背後，布朗被推出去好幾米，摔倒在地。

「嗖——」的一聲，一枝毒箭在距離地下室地面半米處從牆壁的暗孔中射出，「啊——」的一聲，南森的右側小腿被毒箭射中，箭頭從另一側露出來，停留在了博士的腿內。

　　原來，布朗不小心觸發了拌線，拌線一斷，毒箭就射了出來。

　　「博士——」本傑明看到南森倒地，連忙衝了上去。

　　「啊——」南森痛苦地喊道，他捂着腿，幾乎暈了過去，「你們小心，可能還有暗器——」

　　「博士！」海倫奔到南森身邊，她隱約看到了傷口，手一指半空，「亮光球。」

　　一枚亮光球出現在了半空中，頓時將地下室照得通明。只見南森的右小腿流血不止，一枝箭橫插在腿中，南森流出來的血幾乎是黑色的。

　　「海倫，幫我把箭拔出來——」南森咬着牙，他頭上的汗都滴了下來，「這是枚毒箭！」

　　海倫用力掰掉箭頭，隨後飛速把箭拔了出來，本傑明已經準備好了急救水，他把急救水倒在了南森的傷口上，隨後把急救水遞給南森，南森大口地喝了幾口。

　　「都是我不好！」布朗在一邊顫抖地説。

　　「血已經止住了！」海倫激動地説，急救水發揮了作用，南森流出來的少許鮮血也沒有那麼黑了。

　　「不要碰這裏的任何東西。」南森看看大家，「我沒事，不那麼疼了……」

「博士，你真的還好吧？」保羅也跑了下來，他非常焦急。

「還好，我們出去。」南森説，「海倫，本傑明，把我扶起來。」

本傑明和海倫連忙去攙扶南森，南森試着站了起來，他剛邁出一條腿，便頓時癱倒下去，布朗在身後立即架住了他。

「沒事，沒事。」南森咬着牙，「骨頭可能被擦傷了。」

「啊？」布朗驚叫起來，「都是我不好。」

「沒關係，你是無意的。休養一下就好了。」南森説，「只是擦傷，骨頭沒斷。」

「我來背你。」布朗説着走到前面，背起南森。

他們來到地面上，布朗放下南森，大家把他抬到牆角，叫他靠着坐在牆邊，他大口地吸了幾口氣，又喝了兩口急救水。

「呼叫增援。」南森稍微好一點，就開始了安排工作，「這裏就是魔怪的巢穴，萬一他回來，我們就在這裏解決他！」

海倫馬上去給那些收隊的魔法師打電話。

「博士，你能挺住吧？你說那枝箭有毒！」布朗在旁焦急地問。

「我喝了急救水了，噢，這是一種魔水。」南森解釋道，「如果沒有急救水，中箭的人現在已經斃命了。這個魔怪很狡猾，他臨走前設置好了暗器。」

海倫走了過來，報告說十名魔法師馬上會趕來，如果魔怪回來，抓獲他完全沒有問題。南森點了點頭，海倫關切地問南森要不要回去，他們留下來也能抓到那個魔怪。

「再等等。」南森說，他流了很多血，身體非常虛弱，但他一直堅持着，「這個魔怪魔力可能不是那麼高，但是比較狡猾。」

「博士，剛才你中箭的時候，我聽到外面有一些聲音。」保羅忽然想起了什麼，「不是魔怪的聲響，他離這很遠我就知道，好像是鐵片發出的聲音，有什麼東西掉下來了。」

「哪裏的聲音？」南森頓時緊張起來。

「就在外面，靠近窗戶這裏。」

「海倫，本傑明，你們出去看看。」南森立即說。

第五章　施工現場

海倫和本傑明立即跑了出去，過了一分鐘，他倆跑了回來，本傑明手裏拿着一塊半米多長，正方形的鐵皮。

「這是什麼？」南森連忙問。

本傑明把鐵皮遞給南森，南森看到鐵皮上畫了一頂安全帽，這塊鐵皮的周邊已經生鏽了，一看就是一塊很老的牌子，鐵皮背面中間位置，有一截粗尼龍斷線連接在鐵皮上。

「剛才掉下來的就是這個，畫着一頂安全帽，是個工廠標示，提醒工人戴安全帽的。」本傑明説。

「不好！」南森驚叫出聲，大家都嚇了一跳，「這是魔怪的信號牌！」

「信號牌？」海倫和本傑明一起問。

「毒箭射出的同時，這塊牌子也被觸動，掉了下來！」南森説，「毒箭射殺入侵者，這周圍是空地，外出的魔怪能從遠處看到牌子是否懸掛，如果掉下，他就意識到隱身處被入侵了！」

魔怪已經發現了自己隱身
的地方被入侵嗎？

「好狡猾。」本傑明脫口而出，「沒關係，我把它掛回去，應該是從玻璃窗上方掉下來的，我去找那個線頭……」

「你好傻呀！」海倫立即說，「你知道魔怪是怎麼安放的嗎？安全帽朝上還是朝下，朝左還是朝右？一旦掛錯方向，反倒提醒魔怪呢！」

「啊！」本傑明一愣，「這我可沒想到。」

「一般沒人會在意這塊牌子，他這個招數非常管用。」南森感歎道，「現在是晚上，一旦他回來，遠距離觀察不到這塊牌子，近距離保羅能先發現他，可是一旦

64

到了白天，他遠距離就能看到這塊牌子不見了，會馬上警覺，更可能立即逃走。」

「我們⋯⋯」本傑明着急了，「那我們就正着掛，賭一次，這種牌子都正着掛的！」

「萬一他反着掛呢？」海倫反駁道。

「也許呈現出菱形狀態，我們又多了幾個選擇。」保羅在一邊說，「無論掛哪個角度，正確率都不會超過12.5%，這是我最新統計的結果。」

「概率太低，不能掛回去。」南森說。

「魔法師來了。」保羅忽然說道，他感受到了附近出現的魔法師。

十名魔法師火速趕來，他們看到了受傷的南森，精通醫術的魔法師克萊奧立即檢查了南森的傷口，他認為南森的傷幾乎算是重傷了，幸好有急救水的救治，他建議南森立即回去休養。南森則把這裏的情況簡單告訴了大家，其餘的魔法師立即外出，在工廠周圍埋伏，一旦魔怪回來，立即展開圍捕。

此時，南森非常焦慮的就是萬一魔怪夜晚未歸，白天回來的時候很遠就發現信號牌掉了，這樣他一定會快速逃離。

大家也很着急，此時已是凌晨兩點，保羅一直留意着魔怪反應信號，他期盼那傢伙馬上回來，這樣大家就能展開圍捕了。

時間一分一秒地流逝，外面的大地一片寂靜，高大的路燈發出的光微微地有些跳躍。工廠裏氣氛非常凝重，克萊奧和海倫他們勸南森離開，南森就是不肯，布朗在一邊焦躁地走來走去，他還在自責，剛才自己過於莽撞，觸碰了魔怪設置的機關。

本傑明來到了外面的窗戶前，他抬頭看着窗戶上的牆壁，想找到鐵皮剛才固定的位置，他們進來的時候實在沒注意那塊鐵皮，他本來想懸浮起來用手電筒查找懸掛位置，但是怕被回來的魔怪看見，所以放棄了這個想法。

本傑明回到房子裏，克萊奧還在勸南森回去，南森不同意，這時，一直站在一邊沉思的海倫走了過來。

「博士，我有個辦法。」海倫說道，「萬一魔怪晚上沒回來，我們可以把這裏偽裝成一個施工現場！」

「施工現場？」大家都很好奇，布朗忍不住問。

「找幾台挖掘機、鏟車，直接把這裏拆毀！」海倫說着指了指牆壁，「用挖掘機把這面牆壁破壞，假裝拆除這幢樓，這樣鐵牌掉下來就合理了，而且這裏有人在施工，

魔怪也不敢過來了，回不來也就無法發現毒箭已經射出，我們把這裏偽裝成一個晝夜施工的現場！」

「啊！很好！」南森用力點點頭，雙眼放出光來，「這麼老舊的建築，說不定哪天就會被拆除，一切都很合理！不過要事先和市政管理處說明，這裏是他們管理的。」

「我來布置這裏。」克萊奧說，「三個小時內我就能找來挖掘機，工人由魔法師來扮演，魔怪要是敢來看情況，正好抓住他！」

「不要只破壞這一處，其他地方也要開挖。」南森叮囑道。

「放心吧，全都交給我了。」克萊奧說，「你現在回去吧，有什麼情況我們會立刻通知你的。」

「博士，這裏我們能應付。」海倫連忙跟着說。

「保羅，去地下室，把裏面的情況錄影，看看魔怪有什麼東西在裏面。」南森指着地下室說，「注意，不要觸碰到機關。」

「好的。」保羅說着就向地下室跑去。

「博士，你快回去吧。」海倫催促着。

「好，我回去。」南森點點頭，「海倫，記住遇事時

要沉住氣，你已經成熟了，剛才你的那個辦法，我都沒有想到……」

「我記住了。」海倫看着南森蒼白的臉色，用力點着頭。

魔法師戴爾和布朗攙扶着南森離開了工廠，布朗開車帶着南森直接去了醫院，這是克萊奧叮囑的，南森需要輸血，還要進行抗生素治療，克萊奧私下對海倫説，南森的傷雖不影響生命，但比較嚴重。

保羅來到地下室，對裏面進行了錄影，這裏完全就是魔怪的起居室，保羅發現在牆角，堆放着十幾具狐狸的屍體，其他沒什麼特別之處。保羅還特別搜索了一下，沒發現別的機關暗器。

克萊奧通過各種關係，在這夜半時分，聯繫到了一間建築公司，他帶着五個魔法師，從那個公司開來了五台挖掘車、叉車和鏟車，魔法師們全都穿上了工作服，一些施工用的護欄等「道具」也一併帶來，工廠這裏很快就被布置成一個施工現場。

「六點還是不來，我們就破壞牆壁。」克萊奧檢視了一番現場後，對海倫説，「再晚天就亮了。」

「凌晨的時候，他應該回來了吧。」本傑明想了想

魔怪會在什麼時候回來呢？

説，「這種吸血魔怪白天不會還遊蕩在外面。」

「只要他回來，我的追妖導彈就會『送』他一顆！」保羅晃了晃身子，他可是帶滿了導彈出來的。

大家的期望落空了，一直到六點，魔怪還沒有回來。遠方的天空開始漸漸發白，克萊奧又等了十分鐘，最後下令對廠房進行拆卸。

幾名魔法師駕駛挖掘車和鏟車，推倒了幾處牆壁，克萊奧立即叫他們停手，這次拆卸只是做個樣子。另外幾個魔法師在工廠旁豎立起一圈隔離欄，這裏變成了一個施工現場。

天漸漸涼了，克萊奧讓那些車輛分散在工廠旁，穿着工作服的魔法師走來走去。海倫和本傑明此時很擔心南森的身體，克萊奧叫他們回去，這裏的事全由他來負責。

第六章　暗夜槍聲

兩人帶着保羅，攔了一輛的士，很快就回到了魔幻偵探所。他們一進門，就發現布朗半躺在沙發上，已經睡着了，魔法師戴爾看到海倫他們回來，立即迎了上去。

「博士在休息，一切都好，就是有些低燒。」

「在發燒？」海倫一愣。

「醫生說今後幾天會有低燒現象。」戴爾說，「我們一小時前剛從醫院回來，醫生說其他都沒問題，受了這樣的傷出現低燒也正常，我們拿了一些藥回來。」

「那就好。」海倫點點頭，「你們也辛苦了，去客房休息吧，我們照顧博士。」

「那個魔怪沒來，對吧？」戴爾說道，「你們也等了一晚上了，去休息吧，我們守護博士。」

「我靠牆睡了一會兒。」本傑明說，「沒事……」

「海倫——海倫——」裏面的房子裏，傳來了南森的聲音。

海倫和本傑明、戴爾、保羅連忙跑去，布朗這時也醒

了，連忙跟了過去。他們來到南森的房間，只見他躺在牀上，氣色還好，但是明顯比較虛弱。

「博士，你還好吧？」海倫連忙問，說着把手放在南森額頭，她能感覺到，南森有點發燒。

博士受了傷，本傑明和海倫可以偵破案件嗎？

「我很好，休養幾天就好了。」南森説，「魔怪來了嗎？」

「沒有。」海倫搖了搖頭。

「海倫！」南森認真地看着她，「我行動不便，思維也受影響，現在你和本傑明接手這個案子……」

「我……」海倫有些猶豫，但是看到南森這個樣子，馬上點點頭。

「其實我早該放手了，你和本傑明跟了我很長時間，破了很多案子了。」南森繼續説，「經驗和手法都積累了很多，思維也很廣闊，剛才那個拆卸工廠的主意，非常及時地化解了一個險情……你們遇事要冷靜，多互相商量，一定能處理好這個案子的。」

「是，博士，我們一定努力。」海倫用力地點點頭。

「博士，你安心休養吧，我們一定會把那個傢伙給抓住的！」本傑明跟着説。

「好，要是我好一點，也爭取幫助你們。」南森説道，他看着天花板，「讓我休息一下，休息一下……」

南森閉上眼睛，休息了，大家都退出了南森的房間，海倫關好門，隨後來到客廳。

「戴爾先生，布朗先生，你們去客房休息吧。」海倫

説，「博士睡着了，讓他好好休息一下。」

「那我們先去休息，有事及時聯繫。」戴爾和布朗說。

戴爾和布朗離開後，偵探所的客廳裏，一片寂靜，大家的心情都很沉重，魔怪沒有抓到，南森又受了傷。

「本傑明，你也去休息。」海倫很是果斷地說，「保羅，魔怪地下室的錄影給我放一遍。」

「海倫，你這就上任了？」本傑明半開玩笑地說，他想緩解一下沉悶的氣氛。

「還有你。」海倫微微一笑，「博士是叫我們一起負責，想躲開可沒那麼容易噢。」

「我……那你還叫我去睡覺？」本傑明說，「我現在也睡不着呀，我也要看那錄影。」

保羅已經將自己的系統無線連接到投影機上，海倫和本傑明連忙坐下，保羅開始播放他拍攝的魔怪巢穴景象。

魔怪的藏身處不大，除了角落裏堆放着的那些狐狸屍體，沒什麼令人關注的地方。

「這些狐狸屍體？」海倫看了看本傑明，「你怎麼看的？」

「噢，看你的語氣，和博士一樣！」本傑明還不太

習慣海倫的這個樣子，不過他知道海倫是在認真地分析案情，「魔怪一定沒有收集狐狸皮的愛好，他的目的是吸血，這一定是他維持魔力的手段，儘管動物血的能量低，但總比沒有好，恰好，倫敦現在最多的就是狐狸。」

「完全正確。」海倫說，「我看了那些狐狸屍體，沒有撕裂，大多屍體的頸部都有血塊，那就是出血點，也就是魔怪吸血的地方，我覺得他晚上沒有回來，就是外出抓狐狸了。」

「現在他不知道躲到哪裏去了。」本傑明指指外面，「天亮了，他不會行動了。」

「對。」海倫說，「現在我們能得到兩個結論，一，他用狐狸血維持魔力，而他就隱身在人口稠密的里奇蒙區，除了去年萬聖節的謀殺案，再無其他案件發生，完全說明他就是個被人類邀請後才能進入房子作案的吸血類魔怪！」

「這點博士早就有推斷了。」本傑明說着看看保羅，「對吧？保羅。」

「你聽她往下說。」保羅晃晃頭。

「另外一點，就是僅僅依靠狐狸血的魔怪，魔力只能得到基本維持，增強魔力還是需要人血。所以說今年萬

聖節之夜，如果我們沒有抓住他，一定會再有人被殺害吸血，在里奇蒙區或者是周圍的地區！」

海倫的話撞擊在大家心上，房間裏的空氣又凝固起來。

「他……一定要萬聖節之夜出來害人嗎？」本傑明小聲地問。

「我也無法準確推斷原因，應該是他魔力低下，難以偽裝。不過這不是最重要的。」海倫説，「重要的是今天距離萬聖節只有兩天了！」

房間裏再次沒有聲音，本傑明彷彿聽到了受害者的呼救聲。

這時，桌子上的電話忽然響起，海倫連忙去接，電話是克萊奧打來的，海倫和他説了一會話，放下電話來。

「剛才克萊奧他們的一台幽靈雷達閃了一下，捕捉到了一個極微弱的疑似魔怪信號。」海倫向大家通報説，「還沒有確定，信號就消失了，克萊奧他們沿着那個方向追過去，什麼都沒有發現。」

「有可能是那傢伙回來了，遠距離看了一下，看到藏身地方被拆，就走了。」本傑明説。

「克萊奧也是這麼分析的，但是那只是個疑似信號，

並沒有最終確定什麼。」

「儀器有時候也會犯錯誤。」保羅在一邊説，「再説有可能是個路過的大鼠仙呢。」

「這個先不管了。今晚我們再組織一次搜索。」海倫説，「昨晚的搜索找到了他藏身的地方，今晚希望能直接找到他。」

「要是他沒有固定的住處，找到他的可能性反倒會變小。」保羅説，「這是我最新統計的結果。」

「我知道，但是……」海倫想説什麼，但沒有説出口，她看了看南森休息的房間，「還是再試一次吧。」

南森的低燒一直持續着，傍晚的時候，海倫給他測了一次體温，基本接近正常水準，但南森的精神不是很好，總是想睡覺。

這天晚上，魔法師聯合會派出了十幾名魔法師，海倫白天已經勾畫出了搜索的範圍，範圍已經擴大到里奇蒙區周邊區域所有老舊建築，尤其是那些長年無人居住的地方。

海倫、本傑明和保羅負責三處地點的搜索，一直到凌晨，他們一無所獲，其他魔法師也紛紛發來沒有收穫的消息。

　　偽裝成施工現場的廠房那裏，克萊奧他們嚴陣以待，等着魔怪回家。施工現場此時懸掛起兩盞閃爍着紅光的燈，看上去這裏在晝夜施工，這樣可以繼續迷惑魔怪，不過從魔怪的藏身處可見，他似乎也沒什麼一定要拿走的，看到自己的家被人類拆毀，他的選擇似乎只能是重新找住處了。

　　魔法師們一一結束了自己負責區域的搜索，沒有任何發現，海倫和本傑明很是失望，但是沒有辦法，只能請那些魔法師收隊。

　　「我們去工廠那裏。」本傑明不甘心地說，「魔怪可能會回去，他也不知道施工人員都是魔法師。」

　　「沒什麼希望。」保羅說，「他又不是一定要住那裏，換個地方就可以了。」

　　「要是博士沒受傷，可能就想到好辦法了呢！」本傑明無可奈何地說，他也覺得保羅說的有道理。

　　「我有個辦法⋯⋯」保羅說。

　　「你？」本傑明有些吃驚。

　　「博士說海倫和你接手這個案件，其實也包括我的。」保羅立即說，「我不僅僅提供技術支援，我也會推理⋯⋯」

「那你説呀。」海倫很是好奇。

「魔怪不是喜歡抓狐狸嗎？我變身成狐狸，在這附近跑幾圈，也許正好遇到他呢，我知道概率不是很大，但總比在這裏傻等着好吧？萬一遇到呢？哼，他要是來抓我，我就『送』他一枚導彈。」

「這樣呀。」海倫想了想，她猶豫起來，「你單獨對魔怪，有沒有危險呀？」

「你覺得我的追妖導彈威力不大？」保羅很是不服氣地説。

「這倒不是……」

「我看可以試一試。」本傑明説，「這樣，我和海倫在工廠那裏等你，你要是遇到魔怪，就把他引到工廠那裏，同時通知我們。」

「好，就這樣。」保羅有些得意地説，「這個辦法可是我自己想出來的，哈哈，沒想到我還會破案，我都崇拜我自己……」

「你要注意安全。」海倫説，「盡量不要單獨和魔怪對抗，把他引來，能抓活的最好……」

「知道啦。」保羅説着唸了一句魔法口訣，「變狐狸！」

　　「唰」的一下，保羅的嘴立即變長變尖，尾巴變粗，身上的毛變成了暗紅色，他變成了一隻「狐狸」，他看看自己的身體，笑了笑。

　　「我去了，你們去工廠那裏等我，保持聯絡。」

　　說着，保羅跑了出去，海倫和本傑明則快步向工廠走去。

　　保羅沿着街慢慢地走，他快速地計算着周圍區域可能有魔怪隱匿的場所，保羅發現前面有一處墓地，於是來到墓地旁，他故意來回走動，想引起注意。

　　大地一片平靜，不遠處的居民住房全部熄滅了燈，人們都進入了夢鄉，街道上，偶爾會有孤零零的一輛汽車駛過。

　　「保羅——保羅——」海倫的聲音傳來，這是她用手機撥打保羅體內的聲訊系統，「我們已經到了工廠。」

　　「知道了。」保羅說，他嘻笑着，「怎麼樣？有沒有鋪上紅地毯，等那傢伙回家？」

　　「不要開玩笑。」海倫用命令的口氣說，「注意安全，你可是單獨行動。」

　　「明白了，難怪本傑明說你是管家婆，管得真多。」保羅不滿意地說，「我會處理的……我在一個墓地，等了

80

一會了，好了，我要換個地方……」

保羅説着離開了墓地，系統提示前方一千米有一幢古老的大樓，保羅向大樓走去。為了節省時間，他開始穿越一個住宅區。他剛剛走過一個垃圾桶，突然感覺左側有一道紅光，同時傳來「啪」的一聲。

「子彈來襲！」──保羅的防禦系統突然向他發出提示，保羅自己來不及反應，不過博士不久前剛給他升級了自動防禦系統，只見他左側的身體裹急速彈出一面盾牌，「噹」的一聲，一枚子彈擊中了盾牌，被彈飛了。

保羅就地一滾，他的眼睛立即換成了夜視狀態，看到不遠處的一幢房子的二樓，一個男子手持步槍，很吃驚地看着自己，那是一個人，絕對不是魔怪。

保羅忽然想到，自己是「狐狸」，那人是在向狐狸射擊，自己擋開了子彈，那人也被震驚了。

保羅轉身就跑，跑出去幾百米後，他唸了句口訣，變回了自己。

「海倫──本傑明──」保羅撥通了海倫的電話，「我要找你們去，等着我──」

「怎麼了？」海倫激動的聲音傳來，「魔怪在追你？」

　　「沒有，你別激動！」保羅沒好氣地說，「有個傻瓜向我開槍。」

　　「啊？」海倫不禁驚叫起來，「你沒事吧？」

　　「沒事，博士新升級的防禦系統，還未抵抗過魔怪進攻，就擋住了人類進攻⋯⋯」

第七章　海倫的計劃

保羅很快來到了工廠那裏，很遠，他就看到工廠那裏閃爍着的紅色燈光。他快步向那裏跑去。

保羅衝進工廠，海倫和本傑明正等着他，克萊奧也在裏面。

「保羅，你還好吧？」海倫關切地問。

「不好，我剛被人射擊，感覺很差。」保羅説。

「剛才海倫和我説你遭到了射擊。」克萊奧走過來説，「確實有這種情況，倫敦城狐狸現在泛濫成災，甚至發生了咬傷嬰兒事件，一方面動物保護組織繼續大力保護這些狐狸，另一方面，有些家庭會僱用獵人，使用微聲小口徑步槍射殺侵犯到自家庭院的狐狸。」

「你不早説？」保羅沒好氣地問，「打中我倒沒什麼，但是我身體裏的設備很貴的！」

「我也是剛聽説你在外面假扮狐狸。」克萊奧無可奈何地説，「緊接着海倫就説你被攻擊了。」

「這個辦法不行了。」保羅氣呼呼的，「誰知道哪裏

還埋伏着獵人呀，我可不想再挨一槍。」

「是呀，只能在這裏等了。」海倫也說，「希望魔怪能回來。」

「地下室沒什麼可拿的。」本傑明已經完全洩氣了，他靠着柱坐下，「不會回來了。」

的確，又等了兩個小時，外面還是那樣平靜。克萊奧叫海倫他們回去休息，看着等待無望，海倫他們垂頭喪氣地回到了偵探所。

「明晚就是萬聖節之夜了。」本傑明開門的時候，海倫看着鄰居家門口裝飾好的南瓜燈、蜘蛛網等萬聖節飾品說。

第二天早上，由於很晚入睡，海倫和本傑明都起來得很晚，海倫起來的時候，驚喜地看到南森坐在客廳的沙發上，正在曬太陽，不過他的手邊多了一根手杖。

「博士，你好多了！」海倫喊道，「你還發燒嗎？」

「好了一些。」南森對海倫笑笑，「微微有一點發燒，沒關係，我來曬曬日光浴去殺病毒。現在就是走路要靠這個。」

南森說着，拿起手杖給海倫看了看。

「你快點好起來吧。」海倫急着說，「我現在還沒有

頭緒呢。」

「保羅和我說了。」南森看看趴在腳邊的保羅，「昨天不是很順利，保羅還挨了一槍。」

「是呀，不知道魔怪藏到哪裏去了。」海倫苦笑着，「但是我相信，那傢伙還在里奇蒙區……」

「在是在，就是找不到。」本傑明說着從自己的房間走了出來，「噢，博士，我看你應該是完全好了。」

「一直有疲憊感覺。」南森說，「不過昨晚休息得還不錯。辛苦你們了。」

「能抓到魔怪，再辛苦也甘心呀……」海倫感慨道。

「鈴——鈴——鈴——」門鈴突然響了起來，海倫連忙去開門，打開門後，只見派恩站在門前，神氣活現地看着海倫。

「嗨，海倫，博士在不在？」

「在……」海倫看着派恩，點點頭，「你……有事……」

「當然，沒有我天下第一超級無敵魔幻小神探，你們什麼都搞不定。」派恩不客氣地走了進來，他看到了南森，「嗨，博士，我來了。」

「噢，派恩，你好。」南森連忙打招呼。

「看上去你不太舒服呀？」派恩說着就自己坐下，他看見了本傑明，「嗨，本傑明，昨晚沒睡好嗎？做了個惡夢？」

「我沒……」

「博士，案子沒進展吧？」派恩沒等本傑明說完話，立即轉向南森，「難怪，沒有我參與，怎麼會破案……」

「你知道案子沒破？」保羅不冷不淡地說。

「當然了，要是案子破了，《魔法師日報》和《魔法世界郵報》早就報道了。」派恩說，「我家和學校都有這些報紙，上網還可以看到網絡版。」

「你沒有去上課？」南森問，「教室還在刷牆？」

「今天周六呀。」派恩說，「我先來看一下，噢，對了，我的辦公桌在哪？」

「你的辦公桌？」大家都愣了。

「派克這個老古板沒有和你們說嗎？」派恩一副懊惱的樣子，「噢，他就會敷衍我，不過沒關係，我現在和你們說，我是來實習的，你們知道，魔法學院學生入學半年就有實習課了，剛開始實習都是去魔法師聯合會或某個偵探所打打字、整理資料。不過那是他們，我不一樣噢，我可是天下第一超級無敵魔幻小神探，看到你們這麼辛苦，

還破不了案，沒辦法，就來幫幫你們了，我這人就是心腸軟……」

「等等……天下第……派恩……」海倫做了一個手勢，「你說你來實習，可是我們並沒有接到申請書，本傑明來之前是他們的系主任先和博士溝通好的，隨後學校進行了申請，我們通過後學校簽發了實習通知給本傑明……」

「我和派克，就是我們的系主任說過了。」派恩聳聳肩，「他說考慮一下，沒想到他沒和你們說呀，他可真是……算了，我原諒他了，我現在和你們說了。我的辦公桌在哪？」

　　説着，派恩站起來，他走到本傑明的辦公桌旁，看了看桌面。

　　「是這張嗎？」派恩拿起辦公桌上的一封信，看了看，「本傑明收，嗨，本傑明的信怎麼會在我的辦公桌上？」

　　「那是我的辦公桌！」本傑明生氣地站了起來。

　　「派恩……」南森向派恩招招手，示意他過來坐，「實習是一件很大的事，一切都要按照正常程序走，我們偵探所非常歡迎實習生，不過……這必須由你們學校負責人先向我們提出申請，而我們也有選擇權。」

　　「噢，你們這些大人，總是把事情弄得那麼複雜。」派恩又聳了聳肩，「那麼……我再去和派克説説，記住啦，我可是很搶手的，看你們遇到麻煩才來幫你們的，我是天下第一超級無敵魔幻小神探喲。」

　　派恩搖頭晃腦地走了，南森和海倫有些哭笑不得，本傑明和保羅則有些生氣。

　　「自以為是，什麼無敵小神探，就是個搗蛋鬼。」本傑明沒好氣地説。

　　「這個搗蛋鬼……」南森笑了笑，「直覺倒是比較準，只進魔法學院學習半年，沒有經過實戰，就能判斷出

魔怪，也不簡單。」

「你還誇他。」海倫説，「直覺好就那麼了不起？」

「這個……」南森看着海倫，「作為一個成功的偵探，敏鋭的直覺是一個基礎，這個『小神探』，還有布朗，都是這樣的人……」

南森説着話，又有些疲態露出來，海倫給他吃了醫生開的藥，送他去房間休息了。南森走後，客廳裏安靜下來，本傑明一直看着海倫。

「看我幹什麼？」海倫回看過去，「不要全都靠我呀，你也有份的，我現在……真的很亂，沒有頭緒。」

「你比我來這裏時間長，年齡也比我大。」本傑明説，「當然要靠你這個偉大的劍橋生。」

「哈，現在就説我是偉大的劍橋生了。」海倫叫了起來，「牛津也偉大呀，你出點力，想個好辦法……」

「我……」本傑明頓了一下，「如果是你這樣年齡的牛津生，早就抓到那個魔怪了！」

「那你就去找個像我這麼大的牛津生來……」

「哇——」保羅連忙捂着耳朵，「博士呀，他們又吵起來了——」

「吵什麼吵？」一個聲音突然從地板下響起，隨後，

一隻大鼠仙的頭冒了出來。

「噢，是萊利長老。」海倫不吵了，而是立即站了起來，畢恭畢敬地看着大鼠仙長老。

萊利長老從地板下鑽出來，他抖了抖身子，隨後跳到沙發上，隨手拿起茶几上的水果，吃了起來。本傑明這時也不敢吵了，站起來恭敬地看着大鼠仙，保羅則向大鼠仙招招手。

「聽說南森受傷了？」萊利看看海倫。

「是的，不過好多了。他正在睡覺。」

「好，我就不去看他了。」萊利説，「多給他補充些營養，不要吵來吵去的，把他吵醒怎麼辦？」

「是。」海倫和本傑明一起説。

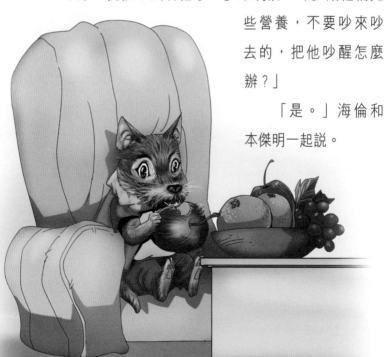

「那天你問我有沒有發現里奇蒙區有魔怪出沒。」萊利長老説着抓抓身上的毛，「還真有，我有兩個手下，一個在三月，另一個在九月，都看到里奇蒙區有個魔怪在晚上追狐狸。」

「三月和九月？」海倫激動起來，「那他們不報告？」

「不是同一個大鼠仙看到的，是分別看到的，地方也不一樣，三月的是在里奇蒙區北邊看到的，九月是在南邊。」萊利説，「都以為是過路的魔怪，也就沒在意。」

「路過的也應該通知聯合會呀……」海倫有些小抱怨，「算了，那麼請問長老，那個魔怪的模樣……」

「身高在一米七十左右，吸血鬼的模樣，四隻獠牙全部露在外面。」萊利説，「樣子看上去很兇，但是抓起狐狸來笨手笨腳的，一隻都沒抓到，我的手下都替他着急……」

「還有什麼特徵？」海倫急着問。

「沒有了，就這些。」萊利説，「我們大鼠仙看到魔怪都會馬上避開的，就是因為那傢伙很笨，我的手下才多看了幾眼。」

「謝謝，謝謝長老。」海倫連忙説。

「我走了。」萊利站了起來,「以後不要老是吵架,要吵也要等南森好了以後……」

說完,萊利跳了起來,再次落下去的時候,身子就滑進地板下,不見了。

萊利走後,保羅看了看海倫和本傑明。

「別吵啦,開始分析案情吧!大鼠仙送來了目擊報告了!」

「信息量不是很大,但是也能說明問題。」海倫立即轉入了正題,「吸血鬼,四顆獠牙,這個可以確定了,笨手笨腳,說明他的魔力確實不高,害怕魔怪的大鼠仙居然敢在一邊看熱鬧。」

「倫敦的市中心區域,居然還隱藏着一個吸血鬼。」本傑明咬了咬嘴唇,「這個吸血鬼的魔力一般,可我們卻找不到他!」

「我們再去拉網搜索。」保羅在一邊建議道,「去和聯合會借一百個魔法師,把里奇蒙區橫掃一遍!」

「一般規模的搜索就可以了,太大規模的搜索是把雙刃劍。」海倫搖了搖頭,「有可能抓住他,但是萬一驚動了他,他跑出里奇蒙區,所有努力都前功盡棄了。」

「這倒是……」保羅想了想說。

「我來想想……」海倫說着走到了寫字枱前,她打開電腦,然後拿來所有的資料,再次翻看起來。

本傑明走到窗戶旁,看到外面有兩個男子走過,一個男子的眼睛下畫了一條「血淚」,另外一個把臉塗得慘白,嘴唇通紅,嘴角帶血。離萬聖節還有一天,不少人已經迫不及待地打扮上了,明晚還有每年一度的萬聖節大巡遊,屆時各種「妖魔鬼怪」全都要到街上來,如果沒有這個案子,本傑明早就預備加入到他們當中去。

「嗨,看海倫那個樣子。」保羅走到本傑明身邊,小聲說,「真的很像思考中的博士呢。」

「是呀。」本傑明總是和海倫吵架,但是從心裏其實是佩服海倫的,她辦事認真、謹慎,人又聰明,魔法也高,「希望她能找到好的辦法,只有一天時間了……」

「本傑明,你有什麼辦法嗎?」保羅問道。

「暫時想不到。」本傑明說,「你剛才說的那個辦法,拉網搜索,我也這樣想,可是海倫說的有道理,大批魔法師們橫向或者縱向並排前進,一旦被魔怪察覺,他馬上會產生聯想的,要是跑掉,確實就難找了。」

「本傑明——」海倫忽然喊道,「站在那裏幹什麼?快過來——」

「你有什麼好辦法了？」本傑明連忙走過去，保羅也跟了過去。

「我來問你，如果你是那個魔怪，而你的魔法不高，連抓隻狐狸都笨手笨腳的。」海倫看着電腦熒幕，「可你又想吸食人血，你會怎麼辦？」

「我……」本傑明愣住了，「嗨，你在説什麼？」

「那我説清楚一點，你選擇攻擊對象的時候，會不會很小心？因為你魔法不高，被反擊也會給你帶來傷害。」

「那當然了。」本傑明點點頭，「我當然要選容易下手的目標，實力弱小的……不過魔怪也會被普通人攻擊嗎？被魔法師攻擊還差不多。」

「魔力弱小的會被普通人攻擊，甚至發生過被普通人擊斃的例子。」海倫説着看了看本傑明，「根據目前收集到的所有證據，我把案件的經過進行了疏理……」

「你快點説。」本傑明催促道。

「一個魔力不高的吸血鬼，借助萬聖節之夜，進入某個獨居人士的家裏，突然殺害受害人，然後吸血。」

「這就……完了？」

「仔細聽，魔力不高，獨居。」海倫一字一句地説。

「你是説……」本傑明眨眨眼，「因為他魔力不高，

所以選擇獨居的人下手，這樣可以避免被其他人反擊和報警。」

「咦？小傢伙，越來越聰明了。」海倫笑着説，「真是沒想到。」

「你也是小傢伙。」本傑明歪歪腦袋，「這有什麼用？這就是描述事件經過呀。」

「很有用處。」海倫説，「從推論的經過，獲得我們所需要的資訊……現在這樣找下去，成效不大，那麼索性我們就在明天晚上全力一搏！」

「怎麼搏？」保羅着急地問。

「明晚，魔怪再度出手的可能性極大，他偽裝了案發現場就是為今後作案鋪路。」海倫比畫着説，「他會和去年一樣，選擇獨居人士下手。里奇蒙區有公寓樓，也有獨立屋，所有公寓樓都有管理員，為了避免被人看到和作案後更容易溜走，他選擇獨立屋下手的可能性是最大的，里奇蒙的獨立屋基本上都集中在該區的西部，我們只要在交通要道布防，就能等到上門的魔怪！」

海倫一口氣説出了自己的計劃，本傑明和保羅聽完，都沒有説話，本傑明的腦子飛速地轉着，盤算着海倫的計劃有何漏洞。

「牛津的高材生，你有什麼看法嗎？」海倫似乎有些着急了，看着皺着眉的本傑明。

「我……」本傑明想了又想，「好像找不到什麼漏洞，啊，不，里奇蒙區的西部也不小，要是能找到具體哪些獨立屋居住着獨居人士，那我們的範圍就更加縮小了！我想可以找布朗幫忙，警方會有這方面的資料。」

「真是天下第一超級無敵魔幻小神探！」海倫大聲誇讚道。

「別這樣誇我！」本傑明擺擺手，「這個計劃很冒險呀，是在推論基礎上作出的行動方案。」

「我相信我的判斷，我的經驗和直覺都告訴我沒錯。」海倫嚴肅了起來。

「我……」本傑明看看海倫，「支持你。」

他們立即前往警察局，找到了布朗。布朗帶着海倫和本傑明直接找到了里奇蒙區的警察分局局長，局長聽完海倫的情況介紹，説警局掌握的相關資訊不全面，但因為是要剷除一個殺人魔怪，他同意將資料交給海倫。海倫和本傑明拿着儲存着資料的記憶棒，馬上趕回偵探所，他們把記憶棒裏的資料傳送到保羅的系統裏，保羅將獨居人士的地址在地圖上標注出來，並立即列印出一張地圖，地圖上

清晰地顯示出里奇蒙西區的獨居人士分布情況。

「蘭斯街和費來奇路口這裏，重兵布防！」海倫看着地圖說，「看，這裏距離去年萬聖節案發地不到三公里。」

「奧尼爾街和本森路這裏也要重點看顧。」本傑明指着地圖說，「附近有十五個獨居者。」

「經過我的統計，明天參加行動的魔法師不能少於五十名。」保羅在一邊說，「警方的資料不全，要兼顧到整個區域。」

「我們拿上地圖，現在就去聯合會。」海倫說着站了起來，她處理事情非常果斷，這一點和南森一模一樣。

海倫和本傑明趕到了倫敦魔法師聯合會，向會長通報了情況，會長立即答應明天調派五十名魔法師前往協助，事實上倫敦本市能夠參加行動的魔法師只有三十名，另外二十名要請相鄰城市支援，幸好時間還夠。

他們回到偵探所以後，看到南森已經醒了，正坐在沙發上和保羅說話，看到海倫和本傑明，南森顯得很高興。

「老伙計和我講了你那個計劃。」南森微笑着說，「很好，這個計劃是在最後時間全力一搏，有些孤注一擲的感覺，但這是一個正確的決定。」

「博士，要是你會不會這樣做？」海倫很高興地問道。

「每個人的處理手法都不一樣，所以我會怎麼處理，還說不好。」南森說，「不過就像那句話，『條條大路通羅馬』，抓到魔怪才是唯一目的。」

「太好了，我其實一直很緊張呢。」海倫此時放鬆了一些，「啊，博士，你好點了嗎？你在這裏坐了很久嗎？」

「稍微有點暈，可能還有點發燒。」南森說，「我剛才吃了藥，感覺比昨天要好一些了。要是明天能好了，我倒是真想參加行動呢，聽我們海倫的指揮！」

「這樣說我又要緊張了！」海倫激動起來，「我剛剛才放鬆點。」

「天下第一超級魔幻小神探海倫。」本傑明在一邊起哄，「不要謙虛了。」

「還有『無敵』！」保羅笑着看看本傑明，「你漏掉了『無敵』，天下第一超級無敵魔幻小神探海倫。」

「老保羅！你也來取笑我！」海倫過去抓保羅，保羅笑着跑開。

第八章　萬聖節之夜

萬聖節到了，從上午開始，倫敦的大街小巷就到處有「魔怪」出沒，就連商店櫥窗裏的模特的脖子上都有「血」流下來，人們爭相打扮出最嚇人的效果，大家都迫不及待地等着夜晚的來臨，屆時，倫敦的主要街道上都會有盛大的「魔怪嚇人」大巡遊。

中午，倫敦魔法師聯合會的一間大會議室裏，五十名魔法師齊聚，海倫站在投影機的熒幕前，手持鐳射筆，給大家講述晚上的安排。

「……現在大家手裏拿到的，就是魔怪的照片，這是根據收集到的所有證據後描畫出來的。」海倫解釋着，本傑明和保羅正在把魔怪照片發給每一位魔法師，「可以確定是個吸血鬼，有四顆獠牙，身高在一米七十左右……」

「發現這個傢伙，先報告還是直接消滅？」一個魔法師舉手後問道。

「這個魔怪很狡猾，如果被他識破你的身分，就立即展開攻擊。」海倫説，「如果他處於不知不覺的狀態中，

通知我，我會安排周邊魔法師進行圍堵，確保他不會跑掉。」

「今天晚上有萬聖節巡遊，各種扮演的魔怪都會出現在大街上。」本傑明在海倫説完後，補充説道，「識別這個吸血鬼的辦法一是借助儀器，二是我們的感知，千萬不要搞錯目標。」

「是的。」海倫環視着大家，「整體布防，我們分成三部分，三十名魔法師將被派往各主要交通路口，十名魔法師在街上自由巡邏，另外十名魔法師擔任周邊警戒，構成一個包圍圈，這個包圍圈也是我們的最後防線……」

接下來，海倫進行了具體的布防，她的布防有條有理，各方面都考慮得很全面，而那些魔法師也不時地提問，本傑明和保羅都從海倫身上看到了南森的影子，她正把從南森那裏學習來的經驗技術靈活地運用出來。

布防完畢，已經是下午兩點了，三個小時之後，所有的魔法師都要按計劃到達自己的崗位，一張大網已經打開，並籠罩住倫敦的里奇蒙區，海倫非常有信心在這個萬聖節之夜，擒獲那個魔怪。

四點後，魔法師們開始分批地出發，四點半，海倫和本傑明帶着保羅也出發了，他們接下來的任務是在里奇蒙

的西部區域進行移動指揮，他們隨時保持着靈活性，不管哪裏發現了魔怪，都能在五分鐘內趕到現場。

傍晚後，街上開始熱鬧起來，一隊隊的「魔怪」開始出現在大街上，並向倫敦中心區域前進，天還沒有黑，一些孩子就一家家地開始敲門討糖了。「不給糖就搗亂」的童聲不時地響起。

本傑明的心情非常忐忑，如果沒有這宗案件，他本來也要加入到狂歡的人羣中的，現在，看着身邊這些「魔怪」，他心裏想的是那個真正的魔怪，如果由於自己和海倫的疏忽，再發生一宗萬聖節之夜謀殺案……他都不敢想下去了。

「哇——」的一聲，一張慘白的臉忽然湊近本傑明，緊接着，一張紅紅的布滿獠牙的大嘴張開，本傑明嚇了一跳，慌忙往後一躲，拳頭緊握起來。

「哈哈哈，嚇住了，嚇住了。」「慘白的臉」是一個年齡比本傑明大不了幾歲的孩子的裝扮，他很是得意，身邊的另外幾個「魔怪」伙伴也嘻嘻哈哈的，「嗨，朋友，現在就去要糖呀？」

「嘿嘿嘿……」本傑明在執行任務，沒有時間和他們糾纏，他勉強笑了笑，隨即走開。

「嘭——嘭——嘭——」不遠處的一戶人家，正在放煙花，在空中炸開的煙花彈呈現出五顏六色，煞是好看。

「防禦圈一號布防到位，我現在在布雷斯大街⋯⋯」海倫的耳機裏，傳來一把聲音。

「很好，注意警戒。」海倫説。

緊接着，防禦圈二、三、四號都傳來消息，他們已經到達了指定位置，這個防禦圈包圍了里奇蒙西區的周邊，如果魔怪脱逃，無論哪個方向都有魔法師正面迎擊，這是海倫為這次行動上的一個保險。

里奇蒙西區各個主要路口，魔法師們都陸續到位，獨居者比較多的街道，海倫進行了重點監控，另外，十名魔法師此時和海倫一樣，兩人一組，遊走在里奇蒙西區，他們沒有特別的目標，均勻分布，起到靈活調遣的作用。

海倫他們來到一個街心公園，走了進去，海倫看看四周，在公園長椅上坐了下來。她打開對講耳機，和克萊奧等魔法師通了一會話。

「現在是五點。」海倫關閉了對講耳機後，看看本傑明，「魔法師全部到位了，我們先在這裏坐一會。」

「天黑後⋯⋯」本傑明看着天空，「那個傢伙，估計要出來了。」

「周圍五百米內，我全能搜索到。」保羅邊說邊在花園裏跑了兩圈，「這邊高樓大廈不多，我的搜索信號非常好。」

「海倫……」本傑明有些憂心地看看她，「那個魔怪……會出來……對吧……」

「嗨，本傑明，都到這個時候了，還在想這個！」沒等海倫開口，保羅忍不住了。

「我……我就是覺得這是我們第一次單獨辦案，要是搞砸了，那就……」

「放心吧。」海倫很是平靜地說，她指着街上走着的兩個「魔怪」，「一年一次的機會，那魔怪偽裝案發現場，就是為了今天。」

「那就好。」聽到海倫這樣說，本傑明的信心也足了，他揮着拳頭，「那一切都在今晚了結吧！」

　　「海倫──海倫──」海倫的耳機裏，忽然傳來一把聲音，「我是戴爾，剛才經過切爾西路的時候，我的幽靈雷達閃過一個魔怪信號，但是很快就不見了。」

　　「報告方位。」海倫立即說，

　　「切爾西路哈森街口，靠近泰晤士河。」

　　「繼續搜索。」海倫立即說，她看了看手上的電子地圖，「保羅，立即給三、四、五組巡邏隊發訊息，叫他們立即前往切爾西路和哈森街口，我們也去。」

第九章　幻影移步術

說完，海倫他們向切爾西路那邊走去，保羅邊走邊向幾個魔法師發出了指令，幾個魔法師接到指令後立即向那裏圍攏過去。

「一定是他，一定是他。」本傑明邊走邊說，他有些激動，「保羅，你的系統較靈敏，發現他要快點告訴我們呀！」

「放心，只要進入五百米搜索範圍，我就能牢牢鎖定他！」

距離切爾西路有兩公里，海倫他們很快就趕到那裏，就在他們到達前半分鐘，三個巡邏組也完成了對那個區域的包圍，海倫老遠就看到在路口站着的戴爾。

「剛才，閃了一下。」戴爾看到海倫，立即把自己的幽靈雷達遞給海倫看，「不過很快信號就消失了，我分析了這個信號，基本確定是個魔怪反應，不是大鼠仙，更不是機器故障。」

「運動軌跡？」海倫連忙問。

「魔怪反應太短了，分析不出來，大概判斷是由北向南。」戴爾指了指南邊，「我也追着搜索了一下，沒有發現什麼，不過這裏的範圍大，他可能在我的搜索範圍外向南移動。」

海倫立即接通了另外幾個巡邏隊的電話，他們都沒有什麼收穫，海倫叫他們原地待命，她看了看保羅，保羅搖了搖頭，意思是自己也沒有什麼發現，海倫頓時皺起了眉，本傑明則顯得非常失望。

「他已經出來活動了！」海倫的語氣很果斷，「這個區到處都有我們的魔法師，只要他處於活動狀態，就一定能找到他。」

「要趕在他行兇前找到他呀！」本傑明握着拳頭，此時的他有些手足無措。

「他能去哪裏呢？」海倫看着電子地圖，「向南……本傑明，我們也去南邊……」

戴爾依舊留在原地，海倫叫另外三組巡邏隊自由巡邏，自己和本傑明則向南走去。

天已經完全黑了，居民區裏到處是提着籃兜要糖的孩子，最大的十多歲，小的只有一、兩歲，街上不時有幾個「魔怪」迎面走來，他們是去主城區參加狂歡活動的，在

110

這些臉上掛滿笑容的人羣中，海倫和本傑明焦急的面孔顯得很不適宜。

「海倫，海倫，我是尼克。」一個激動的聲音忽然傳來，這是魔法師尼克的呼叫，「我發現了魔怪，我發現了魔怪，他距離我三百米，在莫里斯路上……」

「看見他了嗎？」海倫立即問。

「距離兩條街，沒有看到，我正在趕過去。」尼克説道。

「你一個人，千萬不要輕易動手。」海倫急匆匆地説，「我們馬上過來。」

「怎麼回事？」本傑明急着問。

「果然去了南邊，尼克搜索到了一個魔怪反應。」海倫揮了揮手，「我們走，保羅，通知一、二組巡邏隊去莫里斯路。」

海倫他們以飛奔的速度跑向莫里斯路，一邊跑一邊和尼克保持聯繫，尼克説他距離那個魔怪相隔一條街，只有一百多米了，海倫能聽出來，尼克也非常激動。

「海倫，他在莫里斯路和米賴爾街這裏，我看見他了。」尼克的聲音傳來，「他沿着街走，魔怪反應不是很強烈，但能完全確定他是一個魔怪，他背對着我，啊，他

在一戶人家門口停住了！」

「跟上他，不要驚動他。」海倫邊跑邊說，「我們馬上過來。」

「他走向那家的大門了！」尼克的聲音非常急促，「要不要去抓他？」

「他要是進門，你就穿牆進去，不能等他下手！」海倫說，「我們馬上來了，啊，我看到你了……」

「海倫，我鎖定了魔怪。」保羅說，「就在前面。」

「通知所有巡邏隊，向莫里斯路和米賴爾街集合，快——」海倫催促道。

尼克在一棵大樹後隱藏着，他看着那個魔怪。魔怪已經走到大門口，他按下了門鈴。這時，海倫和本傑明已經趕到，他們一起躲在樹後。

「就是那個傢伙。」尼克指着按門鈴的魔怪，「現在要過去嗎？」

「小心。」海倫看到那個魔怪要回頭，立即小聲喊道。

按下門鈴的魔怪回頭看了看四周，他發現不遠處的一棵樹後，一個大人看着兩個逗狗的孩子，他沒有在意。這時，門開了。開門的是一個老者，他拄着一根拐杖，還拿

着一個裝滿糖的紙袋。

「哈哈，嚇死我了。」老者看到一個長着獠牙的魔怪站在門口，笑了起來，「你帶小孩來的嗎？你這個年紀也要糖嗎？不過我可以給你……」

「我不要糖。」魔怪也笑了笑，他的眼睛裏射出兩道光來，直直地盯着老者，「我是去參加一個聚會的，這裏是菲爾特路233號嗎？」

「噢，不，這裏是莫里斯路233號。」老者説，「菲爾特路要再過去三條街，向北。」

「噢，抱歉，打擾了。」魔怪點點頭，轉身要走，不過他立即又轉回來，「請問可以喝點水嗎？走了半天，好渴呀。」

「沒問題，你請進。」老者立即説，「來吧，進來吧。」

「謝謝。」魔怪説着進了房子，大門隨即被關上。

老者走向廚房拿水杯，魔怪快走兩步，他從口袋裏掏出一把尖刀來，另一隻手拍了拍老者的肩膀，老者很詫異地回過頭來。

魔怪的尖刀猛地刺向老者，老者根本就來不及反應。

「啪——」的一聲，一道閃電飛過去擊中了魔怪的手

腕，「噹——」的一聲，尖刀掉在了地上。

海倫和本傑明從門外唸穿牆術口訣鑽了進來，他們看到魔怪進入房子後，立即衝過去進入房子，魔怪剛一動手，海倫就發起閃電攻擊，準確地打掉了魔怪的尖刀。

魔怪的手腕被擊中，他痛苦地捂着手腕，回頭一看，海倫和本傑明已經站在自己的身後，緊接着，尼克也穿牆而入。

老者吃驚地看着這一幕，他還是不明白這短短的時間裏發生了什麼。

「你被包圍了！」本傑明指着魔怪，「你……」

本傑明還未說完話，魔怪飛快地閃到老者背後，一手勒住他，另一隻手那尖尖的手指抵住老者的喉嚨。

「都站在原地，過來我就殺了他。」魔怪惡狠狠地說，他的聲音尖細。

海倫預想到他會挾持人質，她叫大家不要向前，三個魔法師對魔怪形成出半包圍的狀態。

「嗨，這是怎麼回事？」那個老者被勒得很難受，「你們在幹什麼？你們是誰？」

「我說，你不要傷害他。」本傑明指了指老者，「去年你做得不高明，噢，我們等了你一年了，原以為你收手

不幹了，可是你還是出來了，我說，你真的不高明，你的魔力真的太爛了，讓魔怪界丟人，你是不是小學沒畢業就出來混了？還是你的老師放棄你了？噢，說到老師，我昨晚看了一個電視，是講一個老師如何把一個學生變得聰明的，那個學生比你還笨……」

魔怪看着本傑明，並沒有被激怒，只是一直看着喋喋不休的本傑明，看到魔怪的注意力被吸引過去，海倫猛地一抬手，一道閃電光迎面射向魔怪。閃電準確地命中了魔怪的頭部，魔怪叫都沒叫就倒在了地上。

「哈哈，好準！」本傑明笑着衝了過去。

就在這時，倒地的魔怪「呼」的一聲，化成了一團白氣。本傑明他們大吃一驚。

「轟──」的一聲，外面傳來一聲巨響，那是保羅追妖導彈的爆炸聲。為了預防魔怪逃跑，保羅一直埋伏在外面。

聽到爆炸聲，大家連忙衝了出去，只見外面的一棵樹被炸斷了，爆炸處飄着濃煙。

「怎麼回事？」海倫連忙問。

「魔怪隱身跑出來了，不過他被我鎖定了。」保羅有些得意地說，「我炸中了他……我……」

　　保羅忽然愣住了，他在原地轉了半圈。

　　「怎麼了？」本傑明急着問。

　　「還有魔怪反應，啊，他向南跑了！」保羅焦急地說，「我射中的是一個虛影。」

　　「幻影移步！」海倫反映了過來，她向南指了指，「他會幻影移步，我們追——」

　　「幻影移步？」本傑明一愣，不過隨即和海倫一起追去，尼克也跟了上來。

　　保羅衝在最前面，他們沒有沿着路追，而是在這片居住區內連穿幾個庭院，他們追了有幾百米，保羅忽然站住不動了。

　　「信號丟了。」保羅着急地說，「它一直在我的搜索範圍內，不過越來越弱，現在找不到了。」

　　「向哪邊跑的？」海倫問。

　　「南邊。」保羅指了指南方。

　　海倫帶着大家又向前追了幾十米，在一所房子旁，他們停下了腳步，前方有好幾戶獨立屋，保羅失去了信號，本傑明和尼克的幽靈雷達也沒有了目標。

　　「給他跑了！」尼克懊惱地跺着腳。

　　本傑明忽然看到一戶人家的窗戶，窗戶的窗簾是條狀

的，輕輕晃動着，並沒有被完全拉起來，裏面的燈光透射出來。

正在這時，一個男子一手提着一個袋子走來，他走到這戶人家的門口，放下沉重的袋子，開始從口袋裏拿出鑰匙開門。

「家裏沒有人，對吧？」本傑明走過去兩步，大聲問道。

「是呀，怎麼了？」那個男子打開門，疑惑地看着本傑明。

「謝謝。」本傑明立即跑回來，激動地指着窗戶的方向，「這個方向，他穿牆出去了！」

「那就追呀。」尼克說着繞過房子，衝了過去。

海倫和本傑明也衝了過去，繞過那所房子，前面是一條通向南方的街道，這條路不是很寬，人很少，他們快步追過去。前方，兩個影子糾纏在了一起。

「……別想跑，你別想跑……」一把有些稚嫩的童音喊道。

「你放過我，你放過我——」魔怪那尖細的聲音傳來，不過這個聲音顯得非常疲倦，氣喘吁吁的。

「我天下第一超級無敵魔幻小神探哪能放過你這魔

怪……」

　　說話的是派恩，還在一百多米遠的海倫和本傑明一下子就聽出來了，他們快步上前，只見派恩做着搏擊的姿勢，阻攔住魔怪。

　　「別逼着我動武，我雖然是智力型天下第一無敵魔幻小神探，但魔法也不差……」

　　「啊——」魔怪看到後面的追兵已至，狂喊一聲，一拳打過去，派恩連忙一躲，不過沒躲開，魔怪一拳砸在他肩膀上，派恩倒退幾步，摔在地上。

　　「嗨——」本傑明高高躍起十幾米，居高臨下踢向魔怪，魔怪被踢中後背，慘叫着倒在地上。

　　「揍他——揍他——」派恩爬起來大喊，「本傑明，狠狠地揍他——」

　　魔怪從地上爬起來，本傑明立即又撲上去，迎面就是一拳，魔怪用手一擋，慘叫着退了兩步，又摔倒了。

　　「捆妖繩——」海倫說着拋出了捆妖繩，捆妖繩飛過去就把魔怪牢牢套住，魔怪掙扎了幾下，隨即站在在那裏，不動了。

　　「啪——」的一聲，就在魔怪身邊不足十米的地方，海倫射出的一道閃電擊中了什麼，只見一團白光在爆炸聲

中亮起，映射出一個魔怪的身影。

「就知道你又要『幻影移步』。」海倫很是得意地説。

被捆妖繩捆住的魔怪變成了一股白煙，散開了，而被海倫擊中的魔怪真身痛苦地扭動着，隨後倒在地上，他大口地喘着粗氣，漸漸地不那麼用力掙扎了。

「鎖定真身。」海倫走過去，唸了句口訣。一道綠色的光圈從頭部套住了魔怪，隨後快速滑向魔怪的腳部，不見了。

躺在地上的魔怪又掙扎了幾下，似乎還想逃跑，但是感覺毫無用處，終於放棄了。

「天下第一……」海倫走過去，拉着派恩看了看，「派恩，你還好吧？」

「當然好。」派恩滿不在乎地説，「我就是不願意和他打，我不是打不過他，我是怕弄髒我的衣服，這是我剛買的新衣服，很貴的，一公斤十磅……」

「你們家的衣服論斤買？」本傑明很是驚奇。

「大驚小怪，我就是強調我的衣服很貴。」派恩不屑地説。

「你怎麼會在這裏？」海倫問。

「我知道魔怪沒有落網，怕他再出來，就出來轉一轉，看看能不能碰上。」派恩比畫起來，「剛剛走上這條街，就看到一個傢伙從空氣中冒了出來，慌慌張張往我這邊跑，不用問啦，一定是魔怪，我就攔住他了……」

「他從空氣中冒了出來？」海倫指指地上的魔怪。

「是呀，不是一路跑來的，是從空氣中冒出來的。」

「明白了。」海倫看看本傑明和尼克，「隱身穿牆，耗費能量，以為擺脫了我們，他就顯身了。」

「他在我的搜索範圍邊緣呀，應該能測到信號，可是剛才失去了信號。」保羅不解地問。

「一會問問他。」海倫説。

「嗨，其實你們不用來，我也能把他幹掉。」派恩意猶未盡，「我是誰呀？天下第一超級無敵魔幻小神探。」

「謝謝你，小神探。」海倫似乎有些心有餘悸，她看看電子地圖，又看看本傑明，「這條路下去，再過六百米，是我們的最後防線，派恩要是不阻攔這一下，不知道魔怪會不會衝過去呢。」

「是呀，很難説……」本傑明跟着説，不過他立即想起了什麼，小聲説，「他也就是運氣好，剛好遇到魔怪，再説魔怪已經顯身了，跑不出咱們的防衛圈。」

「也許吧……」海倫低着頭，忽然，她看看本傑明，「啊，我想起來了，在那個房子的時候，你怎麼知道魔怪穿牆向南跑了？幸好你的方向判斷準確呀。」

「窗簾在動，但是我沒看見那房子裏有人。」本傑明得意地一笑，「剛好主人回家，他提着兩袋東西，家裏要是有人，他一般會叫門，或者抬一隻手按門鈴，不過他卻把提袋放下，掏鑰匙開門，說明家中無人，但是窗戶裏的窗簾在動，我就判斷魔怪穿牆過去時觸碰了窗簾。」

「嗯，身體隱身但不會消失。」海倫誇讚起來，「觀察得真仔細。」

「嗨，你們說什麼呢？」派恩在一邊叫了起來，「好話不背着人說，背着人說的沒好話，你們是不是嫉妒我呀？」

「哪有？」海倫對派恩笑了笑。

第十章　吸血鬼戈茨

這時，大批的魔法師已經趕到，看到魔怪已經被抓住，他們都鬆了一口氣。魔怪此時已經坐在了地上，尼克一直看着他。

海倫走了過去，她彎腰看了看魔怪，這的確是一個吸血鬼，他的四顆尖牙兇殘地露在外面，不過這副模樣在萬聖節之夜並不算突出，甚至比較一般。

「你叫什麼？」海倫問，她有很多疑點需要答案。

魔怪抬頭看了看海倫，十幾個魔法師圍着他，他知道自己再怎麼使用手段也跑不掉了，已經徹底絕望了，不過魔怪好像沒有聽到海倫的話，只是看着她。

「魔法偵探在問你，你叫什麼名字？」本傑明蹲下身子，盯着吸血鬼的眼睛。

「我叫……戈茨。」吸血鬼很是無奈，慢慢地說。

「去年的萬聖節，維斯路上的兇殺案是你做的？」海倫問。

「是我做的。」戈茨抬起頭，用挑釁的目光看看海

倫，他明顯地很看不起這個小女孩。

　　「你看。」海倫忽然掏出了自己的手機，給戈茨看了看，她明白戈茨覺得自己只是個孩子，不那麼配合，「這叫手機，你自以為聰明，布置了一個搶劫現場，吸血並沒有吸光，隨後拿走了鈔票、金項鏈，還有櫥櫃上的銀餐盤，可是銀餐盤旁邊的手機你卻沒有拿走，你知道嗎？受害者的那部手機非常值錢。你遺留下這麼大的一個破綻，還以為自己了不起嗎？」

　　戈茨聽到這些話，想說什麼，不過沒說出口，

隨即低下了頭，臉上出現一副很懊惱的樣子。

海倫沒説話，她繞着戈茨走了一圈，頭忽然低下去。

「盜竊案，你穿的這件衣服是偷來的。」海倫説着一指戈茨，「不過不是受害者家的，温克街559號，我説得沒錯吧？」

「啊？」戈茨愣了，他瞪大眼睛看着海倫，「這、這你也知道？我沒害人，直接進去拿出來的……」

「對，你沒害人。你沒有受到邀請，進到人家只能偷東西。」海倫輕蔑地説，「我問你什麼你就回答什麼，因為……我什麼都知道，但需要你自己的口供！」

説完，海倫嚴肅地看着戈茨，戈茨則低下了頭。

「你是本地的魔怪？就住在里奇蒙區？」海倫直接問道。

「是的。」戈茨低着頭説，「兩百年前死後被埋在這個區，我積怨一直未散，三年前聚成吸血鬼形，我就離開墓地，在一個工廠找了一個地下室住下。」

戈茨的話多了起來，他已經不再抗拒了，他已經看出了海倫的厲害。

「為什麼選擇萬聖節之夜殺人？」海倫適時提出這個大家都想知道的問題。

127

「我……」戈茨抬起頭，指了指自己的臉，「我的魔法能力太低，不會變化，除了萬聖節之夜，平常我這個樣子去敲誰家的門，都會嚇壞人家，不用說被邀請了。」

「明白了。」海倫他們終於確定了答案。

「三年前，也就是我成形吸血鬼的那年萬聖節，我發現很多和我相似的人都出來狂歡。」戈茨這次主動說道，「一開始嚇了我一跳，不過我馬上明白了，這是一種節日形式，所以去年萬聖節之夜，我就利用了這個機會。」

「因為你的魔力不高，所以你選擇的目標是獨居的人。」海倫又問，「是事先就觀察好了，還是臨時發現的？」

「事先觀察好的。」戈茨說，「今年的也是。」

「用什麼理由讓人家邀請你進門？」

「先說找錯人了，然後說口渴了，想喝杯水。」

「很有用的藉口。」本傑明看看大家，隨後，他轉頭看着戈茨，「老實說吧，你打算害幾個人呀？我知道，吸了人血，你的魔力就會大增。」

「計劃是三個。」戈茨也不隱瞞什麼了，「吸了三個人的血，我就能變化了，也有打鬥能力了。」

「那平常你靠狐狸血來維持基本能量？」本傑明又

問，「我們找到地下室了，看到了那些狐狸。」

「啊？」戈茨一驚，狡猾的他想到了什麼「那裏⋯⋯不是真的拆除？」

「你説呢？」本傑明反問道。

戈茨低下了頭。

「地下室和暗器都是你設計的？」海倫追問道。

「是的。」

「掛着的那塊牌子，就是戴安全帽的鐵皮牌。」本傑明把臉湊了過去，「我很想知道，按照你的布置，帽頂朝着哪個方向？」

「向東。」戈茨連忙説，「只要看到不是這個方向或者掉在地上，我就知道地下室遭到入侵了，但是那天看到那裏被拆除，我就沒在意，轉身走了。」

「你那晚怎麼不在家？」

「去抓狐狸了，早上才回來。」戈茨説，「回來就看到那裏被拆除了，我就在附近泰晤士河的橋洞裏住下了。」

「噢。」本傑明點點頭，他站起來，小聲對海倫説，「我們漏了橋洞，那裏也可以藏身的。」

「嗯。」海倫非常遺憾地點點頭，「他回去看到藏身

處被拆，轉身走了，就是那一剎那，克萊奧捕捉到了微弱的魔怪信號。」

「他剛才一度消失在我的幽靈雷達搜索範圍內呢。」本傑明想起了什麼，「你說他會『幻影移步』？」

「對，逃脫術裏的一種。」海倫點點頭，她又走近戈茨，「你會使用幻影移步？」

「沒有攻擊能力，逃脫能力就要加強了。」戈茨這時似乎還很驕傲，「否則我堅持不到今天。」

「這麼說你能隱去自己的魔怪反應？」

「短時間可以，但是很耗費能量。」戈茨回答道，「我知道你們用儀器找我，被追的時候就隱去魔性，但是這也很耗費能量，感覺逃掉就恢復了……」

「明白了。」海倫看看保羅，「這都是幻影移步術裏的招數，你的導彈攻擊射中虛影，還有他被鎖定後一度在搜索範圍消失。他的逃脫能力很強，但魔力不足，如果他有足夠支持幻影移步術的魔力，今天他很可能就……」

「他剛才突然從空氣中冒出來，也是這個招數？」派恩在一邊問。

「那是他在逃跑中顯身，先是隱形，隨後顯身。」海倫點點頭。

正在這時，海倫的電話響了，是南森從偵探所裏打來的電話，南森一來就向海倫和本傑明表示祝賀。

「可是我還沒有告訴你呀，按照步驟，我要立即審問魔怪。」海倫說。

「博士對我們很信任。」本傑明說，「他就知道我們能成功。」

「是我發短訊告訴他的。」保羅在一邊說。

「噢。」海倫點點頭，「那麼博士，我們應該怎麼處置他？收進裝魔瓶？」

「對，完全叫他消失，不留任何令他可以復燃的痕跡。」南森語氣堅定地說。

本傑明已經拿出了裝魔瓶，海倫對他點點頭，本傑明走到戈茨身邊，他舉起裝魔瓶。戈茨已經明白了自己命運，他閉起了雙眼。

「戈茨，進來——」本傑明喊道。

「唰」的一聲，戈茨頓時化成一團煙氣，被吸進了裝魔瓶裏。戈茨計劃的第三宗萬聖節之夜謀殺案不會再發生了。

「嘭——嘭——嘭——」前方，幾枚煙花在高空中爆開，五彩繽紛的煙花在空中閃爍，煞是好看，煙花的光芒

魔幻偵探所

映射在每個魔法師的臉上。

「嗨，我說海倫。」本傑明慢慢走到仰頭欣賞煙花的海倫身後，「剛才你說戈茨的衣服是從溫克街559號偷來的，這你都知道？」

「他的衣服袖口有個獅子徽記。」海倫說，「那是溫克街559號泰德手工製衣工作室的徽記，全倫敦可只有這一家，我和博士去過，做了一件西裝。」

「可是……可是也許是他從別人家偷的呢？」本傑明問。

「『半成品』。」海倫微微一笑，「戈茨穿的衣服還未出廠呢，就給他偷出來了。」

尾聲

「海倫——海倫——」南森拄着拐杖，站在廚房裏喊道，「快來——」

「怎麼了？怎麼了？」海倫急忙跑了過來。

「本傑明的那些薯片呢？」博士指着一個空櫃子説道，「是不是都被你偷吃了？嗯？也不給我留兩包。」

「你還吃薯片？」海倫叫了起來，「你剛好一點，醫生説吃那東西對身體不好。哎，嚇了我一跳，還以為什麼事呢。」

「我已經好了，我不發燒了。」南森説。

「博士，我發現你病好了以後越來越饞了！」海倫很是嚴肅地説。

「有嗎？」南森一臉無辜，「昨天我才吃了八個冰淇淋，比前天的九個少了一個呢。」

「哇，都是你吃的？」海倫大叫起來，「我還以為是本傑明吃的呢！」

「哇，我可真笨，自己説出來了！」南森很是懊惱

地説。

「鈴——鈴——鈴——」門鈴聲響起，南森立即向外跑去，躺在沙發上看漫畫的本傑明站起來去開門了。

本傑明打開門，只見布朗站在門口，這次他穿着警服，一臉的笑容。

「噢，真準時呀。」南森慢慢地走到客廳，他的腿要徹底恢復還有一段時間，「快請進來。」

布朗微笑着走了進來，南森連忙請他坐下。

「局長説正在給我申報嘉許獎。」布朗坐下後就連忙通報，「他誇獎我很有責任心。」

「這是你應得的。」南森很是高興。

「我看你要升督察了吧？」海倫也很高興。

「呵呵呵⋯⋯」布朗很是不好意思地笑了笑。

「好了，布朗。」南森言歸正傳，「今天叫你來，是正式通知你，斯塔福德魔法學院的魔法警察培訓班已經錄取你了。」

「是嗎？真的錄取我了？」布朗激動地站了起來，「我將要成為專業魔法師了！我從小就想當魔法師⋯⋯」

「魔法警察培訓班？」保羅問，「沒聽説過呀。」

「剛剛開辦的，已經開學兩個月了。」南森解釋道，

「因為很多魔怪案件第一時間接觸的都是警察。為了處理這類案件，警方迫切需要一些會魔法的警察。斯塔福德魔法學院為警方開設了這個培訓班，不過要有魔法基礎，督察以上的現役警官才能入讀。」

「是呀，我當時看到報名簡章心就涼了，我只是個巡佐，級別不夠。」布朗說道，「是博士去幫我說的，沒想到真成了。」

「實踐很重要。」南森說道，「你目前可是這個班中唯一憑自己的直覺幫助魔法師破獲大案的學員，所以你進入這個班當之無愧。」

「謝謝，謝謝博士。」布朗充滿感激地看着南森，「我一定會加油的……」

「鈴——鈴——鈴——」這時，門口的鈴聲再次響起。

「噢，是誰？」本傑明跑去開門，他嘻笑着，「是布朗的弟弟嗎？」

門打開了，門口站着的是笑嘻嘻的派恩。

「嗨，本傑明，我的老朋友，我一直都很想念你。」

「你——」本傑明翻了翻眼睛。

「噢，派恩，你很準時。」南森向派恩招招手，「快

進來。」

「博士，你好！嗨，海倫！嗨，保羅！嗨，布朗——」派恩走了進來，「都不要站着啦，坐下說，別客氣。」

「你有什麼事嗎？」本傑明跟在派恩身後。

「海倫，本傑明，保羅。」南森拉過來派恩，「派恩現在是我們魔幻偵探所的實習生了，我受了傷，偵探所也需要一個助手。噢，學校開出的文件你帶了嗎？」

「帶了。」派恩連忙拿出一個信封，「派克親自簽名的。」

「他真的要到這裏來實習？」本傑明瞪大了眼睛。

「嗯，派恩對魔法很有感悟，能熟練運用。」南森誇讚道，「他向學校提出到我們這裏實習，學校向我發出申請，我就同意了……」

「博士，補充一點，我還很勇敢。」派恩插話道，「我一個人攔在魔怪的去路上，我都被自己感動了！」

「嗯，確實很勇敢。」南森連忙說。

「好，那麼哪張是我的辦公桌呢？」派恩說着走向本傑明的辦公桌，「是這張嗎？小是小了點……」

「那是我的辦公桌！」本傑明連忙跑來捍衞自己的辦

公桌。

　　「噢，我説怎麼這麼破舊呢。」派恩説着摸了摸桌子上的電腦，「那麼我的電腦呢？是這台嗎？」

　　「在我的桌子上當然是我的電腦！」本傑明幾乎抱住了自己的電腦。

　　「噢，我説怎麼這麼破舊呢，能開機嗎？」

　　「你——」本傑明氣呼呼地瞪着派恩。

　　「這下有好戲看了。」海倫和南森對視一下，都笑了起來。

麥克警長，蘇格蘭場（倫敦警察廳）高級督察，南森和警方的聯絡人，也是一名大偵探，屢破奇案。當然，他所偵辦的都是人類世界中的案件。一起來看看他偵辦過的案件，運用你的推理能力，想一想他是如何破案的呢？

證人遭到槍擊

菲力和一個販毒集團有聯繫，不過他算是改過自新，也同意在法庭上指控販毒集團的首領。他現在是警方的證人，警方要保護他。菲力本身罪責不大，並沒有入獄。警方安排了六個人，上庭之前在他的家門口輪流值班，保護他。

這天晚上，菲力執意要去超市購物，警方只好派兩個警員跟着他。一切還算正常，只不過購物回到家後，剛開門的時候，對面昏暗的街上槍聲響了。菲力中了兩槍，還好沒有被打中要害。門口的警員則立即跑到對面街上，抓

到了三個男子，三個男子手中都沒有武器，都聲稱自己沒有開過槍。

　　麥克警官帶着一隊警員趕來，他要處理這宗案件。警員把三個男子一一帶來。第一個男子聲稱自己只是路過，因為街面昏暗，也沒有看清另外兩人誰開了槍，反正他自己沒開槍。

　　第二個男子說自己當時喝醉了，正在回家，所以什麼都沒看清。

　　第三個男子叫伯頓，他被帶來的時候，一臉不滿。

　　「……當時我要進巷子，完全是背對着受害的那位先生的。」伯頓比畫着說，「你們快去找真正的兇手去，那位先生回家被槍擊，關我什麼事？我和這件事無關，你們又沒從我身上搜出槍，憑什麼不讓我走……」

　　「哼，別說謊了。」麥克聽到這話，冷笑起來，「你背對着受害人，怎麼知道那人是位先生呢？你一定是把槍扔到什麼地方了。」

　　「啊？」伯頓一愣。

　　「最關鍵的是，從你的話中，我聽出來，你對受害人一直在暗中觀察，是不是？」麥克進一步說，「因為……」

麥克説出了關鍵點，伯頓低下了頭，他就是兇手，他也是販毒集團成員，槍擊菲力的目的是滅口，阻止菲力作證。他那手槍，的確被他開槍後立即扔進了雨水排放口裏。

**　　請問，麥克警官為什麼說伯頓一直在暗中觀察菲力呢？**

答案：伯頓直接説菲力向家裏逃跑，而不説向自己的車一直駛去，這説明他知道菲力在進門前看著道路盡頭的車子。

④ 古堡迷影

穿越到十一世紀的圖林根，解開古堡「魔鬼」之謎！究竟城堡裏發生了什麼事？

⑤ 石器時代的大將

穿越到新石器時代，追捕被通緝的「毒狼集團」成員，卻被一個騎着豬的大將捉住了……

⑥ 龐貝古城行

穿越到公元前 55 年的龐貝——這個將會在百年後被維蘇威火山爆發而摧毀的古城，拯救被綁架的派諾先生！

⑦ 百年戰場上的小傭兵

穿越到 1415 年法國阿金庫爾鎮東面的尚松森村，追捕「毒狼集團」意大利地區首領，卻被誤會為僱傭兵……

⑧ 銅器時代登月計劃

穿越到銅器時代的一個地中海小島追捕「毒狼集團」成員，卻被村民綁了起來，用作試驗「登月計劃」！

⑨ 加勒比海盜大戰

最新出版

穿越到十七世紀的加勒比海，追捕毒狼集團成員「加西亞」。怎料在路途中遇上海盜，一場加勒比海大戰一觸即發！

各大書店有售！ 定價：HK$65/ 冊

魔幻偵探所 25
萬聖節謀殺案（修訂版）

作　　者：關景峰
繪　　圖：陳焯嘉
責任編輯：葉楚溶
美術設計：李成宇
出　　版：新雅文化事業有限公司
　　　　　香港英皇道499號北角工業大廈18樓
　　　　　電話：（852）2138 7998
　　　　　傳真：（852）2597 4003
　　　　　網址：http://www.sunya.com.hk
　　　　　電郵：marketing@sunya.com.hk
發　　行：香港聯合書刊物流有限公司
　　　　　香港荃灣德士古道220-248號荃灣工業中心16樓
　　　　　電話：（852）2150 2100
　　　　　傳真：（852）2407 3062
　　　　　電郵：info@suplogistics.com.hk
印　　刷：中華商務彩色印刷有限公司
　　　　　香港新界大埔汀麗路36號
版　　次：二〇二一年九月初版

ISBN：978-962-08-7854-1
© 2015, 2021 Sun Ya Publications (HK) Ltd.
18/F, North Point Industrial Building, 499 King's Road, Hong Kong
Published in Hong Kong, China
Printed in China